# DESEAR LO PROHIBIDO

## YVONNE LINDSAY

Editado por HARLEQUIN IBÉRICA, S.A.
Núñez de Balboa, 56
28001 Madrid


Desear lo prohibido, n.º 1996 - 20.8.14
Título original: Wanting What She Can't Have
Publicada originalmente por Harlequin Enterprises, Ltd.



I.S.B.N.: 978-84-687-4428-5
Depósito legal: M-15417-2014
Editor responsable: Luis Pugni
Impresión en CPI (Barcelona)
Fecha impresion para Argentina: 16.2.15
Distribuidor exclusivo para España: LOGISTA
Distribuidor para México: CODIPLYRSA
Distribuidores para Argentina: interior, BERTRAN, S.A.C. Vélez Sársfield, 1950. Cap. Fed./ Buenos Aires y Gran Buenos Aires, VACCARO SÁNCHEZ y Cía, S.A.

# *Capítulo Uno*

Raoul entró en la bodega bajo la mirada atenta de Alexis, que lo estaba observando. El sol de última hora de la tarde se filtraba por las ventanas del extremo contrario de la habitación e iluminaba las motas de polvo que flotaban en el aire, cargadas del aroma de las uvas. Pero Alexis no se fijó en la belleza artística de la escena; estaba concentrada en el hombre que avanzaba sin ser consciente de su presencia.

Raoul había cambiado. Había cambiado mucho. Estaba notablemente más delgado y había renunciado a su antigua elegancia en favor de unos vaqueros rotos, una camiseta desteñida y un pelo que, por su aspecto, se debía de cortar él mismo. Además, era obvio que no se había afeitado en varios días.

Sin embargo, Alexis no se llevó ninguna sorpresa. La apariencia de Raoul constataba lo que el dolor hacía con una persona: reducir la importancia de las obligaciones diarias, que afrontaba sin interés, y reemplazarla por la indiferencia.

¿Cómo podía ayudar a un hombre que, al parecer, había renunciado a la posibilidad de ayudarse a sí mismo?

El peso de la tarea que había aceptado le resultó súbitamente insoportable. Ella, una mujer que nunca rechazaba un desafío, empezaba a pensar que, en esta ocasión, se enfrentaba a un problema superior a sus fuerzas.

Echó los hombros hacia atrás e intentó sobreponerse a sus dudas. Bree había acudido a ella en un momento de desesperación; como si supiera lo que iba a pasar, le había escrito una carta para rogarle que, si le sucedía algo malo, cuidara de su marido y de la niña que estaba a punto de dar a luz.

Ahora no tenía más opción que cuidar de ellos. Bree había muerto antes de que Alexis se comprometiera a nada, pero eso carecía de importancia. En el fondo de su corazón, sabía que estaba en deuda con su difunta amiga y que no le podía fallar. Aunque implicara ponerse en la línea de fuego del hombre por el que se sentía atraída desde que sus caminos se cruzaron por primera vez.

Raoul se detuvo ante una mesa con muestras de vino. Después, dejó el bolígrafo y la libreta de notas que llevaba encima y se giró hacia ella con una expresión de sorpresa que desapareció al instante.

–Ah… hola, Alexis.

–He venido tan pronto como lo he sabido. Siento haber tardado tanto. Es que…

Alexis no terminó la frase. ¿Cómo explicar que había transcurrido casi un año sin que ella se enterara de la muerte de su mejor amiga? ¿Cómo explicar el motivo por el que no le había dado ni su nueva dirección de correo ni el número nuevo de su teléfono móvil? Obviamente, no le podía confesar que había roto todos los lazos con Bree porque no soportaba que fuera feliz con el hombre de sus sueños.

Respiró hondo e intentó controlar un sentimiento de amargura.

–He estado viajando mucho desde que mi negocio empezó a ir bien –siguió diciendo–. La carta de Bree ha estado todo este tiempo en casa de mis padres... pero me temo que no la vi hasta hace unos días.

–¿La carta de Bree? ¿Qué carta?

–La que me escribió cuando estaba embarazada.

Alexis se preguntó si debía decirle que Bree le había pedido que cuidara de él y de su hija; que, de algún modo, había adivinado que la enfermedad cardíaca de su familia le iba a arrebatar la vida durante el parto.

–Así que has vuelto –dijo él.

Ella asintió.

–Sí. Fui a casa de mis padres porque mi madre se puso enferma. Falleció poco después, en Navidades.

–Lo siento.

Alexis supo que Raoul lo sentía de verdad, pero estaba hundido en su propio dolor y no tenía fuerzas para el dolor de los demás.

–Cuando encontré la carta de Bree, llamé a su madre de inmediato –le explicó–. Estoy aquí para ayudarte con Ruby.

–Ruby ya tiene quien la cuide. Su abuela.

Ella asintió.

–Lo sé; pero Catherine tiene que pasar por el quirófano, Raoul. Es importante que se opere de esa rodilla, sobre todo ahora, con Ruby cada vez más activa y...

–Si es necesario, contrataré a una niñera –la interrumpió–. Catherine no debería preocuparse tanto. Se lo he dicho muchas veces.

–Y tengo entendido que has rechazado a todas las candidatas que te ha propuesto –le recordó Alexis–. No has entrevistado a ninguna.

Raoul se encogió de hombros.

–Porque no eran suficientemente buenas.

La actitud de Raoul la molestó. Sabía que Catherine estaba muy angustiada; la artrosis le causaba un dolor constante y le dificultaba la tarea de cuidar de la niña. Se tenía que operar tan pronto como fuera posible, pero no se podía operar hasta que Raoul encontrara a una persona que la sustituyera.

Al negarse a elegir una candidata, Raoul estaba haciendo caso omiso de sus responsabilidades en lo tocante a su hija, su abuela y la propia memoria de Bree.

–¿Y yo? ¿Yo soy suficiente?

Los ojos marrones de Raoul se clavaron en ella.

–No –contestó–. Definitivamente, no.

Alexis intentó no sentirse dolida.

–¿Por qué? Sabes que tengo experiencia al respecto.

–La tenías –puntualizó él–. Si no estoy mal informado, ahora eres modista. Y no es lo que mi hija necesita.

Ella pensó que estaba jugando con su paciencia. ¿Modista? Sí, aún diseñaba algunas de las prendas que vendía; pero, en general, dejaba ese trabajo a otras personas. Además, Raoul sabía perfectamente que había sido niñera primero y profesora después hasta que decidió dejar el empleo para abrir su propio negocio. Un negocio que se había ganado un espacio en las mejores boutiques del país y en algunas ciudades del extranjero.

–Bueno, no te preocupes por mi trabajo como modista –declaró con ironía–. Catherine ya me ha contratado.

–Pues yo te despido.

Alexis sacudió la cabeza. La madre de Bree ya le había advertido de que Raoul le daría problemas.

–¿No crees que Ruby estaría mejor conmigo que con una desconocida? A fin de cuentas, fui amiga de su madre y conozco a las familia.

–Sinceramente, eso me da igual.

Ella suspiró.

–Catherine está guardando las cosas de Ruby en este momento –le informó–. Me ofrecí a pasar a recogerla por la mañana, pero ha preferido que se quede aquí esta noche.

Raoul palideció.

–¡Maldita sea! ¿Cómo quieres que te diga que me niego? No quiero que seas su niñera y, desde luego, tampoco quiero que ninguna de las dos os alojéis aquí.

–Pues te tendrás que acostumbrar a la idea, porque a Catherine la operan mañana por la tarde. Ruby no se puede quedar en la casa de su abuela. Necesita estar en su casa, con su padre –replicó.

Raoul se pasó las manos por el pelo, luego respiró hondo y apretó los puños, como si su paciencia pendiera de un hilo.

–Está bien. Pero mantenla alejada de mí.

Alexis parpadeó, desconcertada. Catherine le había comentado que Raoul no tenía mucha relación con su hija, que ya tenía nueve meses de edad; pero, a pesar de la advertencia, la reacción de Raoul la dejó atónita. Al fin y al cabo, Ruby era el fruto de dos personas que se habían querido con locura, como ella misma había tenido ocasión de comprobar.

¿Cómo era posible que despreciara a su propia hija? ¿Sería porque la culpaba del fallecimiento de Bree?

Tras unos segundos de silencio, Alexis salió de la bodega y se dirigió a la casa, un edificio bajo y grande que se extendía por lo alto de una colina. Catherine le había dado la llave, además de unas bolsas con comida y cosas para Ruby, que quería guardar antes de que se presentara con la niña.

Al pensar en ella Ruby sintió una punzada de dolor. Era evidente que la guapa, saludable y feliz niña había establecido un vínculo afectivo con la madre de Bree.

Nadie podía imaginar que su corta vida estuviera marcada por la tragedia. Tras un nacimiento prematuro, que se complicó después por una infección, Ruby pasó sus primeras semanas de vida en una incubadora. Catherine le había dicho a Alexis que, en su opinión, los llantos de la niña habían destrozado la resistencia de Raoul, ya al borde de la desesperación por la muerte de su esposa.

Desde entonces, Raoul se había desentendido de su hija y la había dejado en manos de su suegra. Ahora, Alexis se enfrentaba al difícil desafío de restablecer el vínculo entre Ruby y su padre.

Era importante que lo consiguiera. Alexis sabía que se necesitaban el uno al otro. Se iba a asegurar de que Raoul asumiera sus responsabilidades.

Raoul era consciente de que Alexis se presentaría en algún momento, y había temido ese momento desde el primer segundo. Le aterraba que rompiera la burbuja de soledad en la que se había encerrado desde el fallecimiento de su esposa.

Llevaba dos años en aquel lugar, justo los que habían transcurrido desde su matrimonio. Por entonces, Raoul había llegado tan lejos como era posible en Jackson Importers, cuya sede se encontraba en Auckland. Pero, por mucho que le gustara su trabajo en la empresa de distribución de vinos, que pertenecía a su amigo Nate Hunter Jackson, le interesaban mucho más los viñedos.

Poco antes de casarse con Bree, sus padres le

ofrecieron la posibilidad de venderle los viñedos de la familia para cumplir su viejo sueño de viajar por las zonas vinícolas de Europa y Sudamérica. Raoul aceptó la oferta tras consultarlo con ella. La pequeña localidad de Akaroa, situada en la península de Banks, en la Isla Sur de Nueva Zelanda, les pareció un lugar perfecto para echar raíces.

En cuanto llegaron, Raoul se dedicó en cuerpo y alma a las viñas; y Bree, a proyectar y construir su casa nueva, que se terminó un año después. No podían ser más felices: la vida les sonreía y tenían todo el futuro por delante.

Luego, Bree falleció y el trabajo de Raoul dejó de ser un placer y se convirtió en una obsesión. Al fin y al cabo, era algo que podía controlar. Y cuando volvía a casa tras un largo día en los viñedos o en la bodega, se dejaba llevar y se hundía en los recuerdos de su esposa y en su propio dolor.

Pero la llegada de Alexis lo iba a cambiar todo. Estaba tan llena de vida que Raoul supo que no le iba a dejar vivir en el pasado.

De hecho, su breve conversación ya había servido para que fuera consciente del aspecto tan desagradable que tenía. Y también había servido para que fuera profunda e intensamente consciente de lo mucho que le gustaba Alexis Fabrini.

Raoul se sentía culpable. Había querido a Bree con todas sus fuerzas, la había adorado y, por supuesto, le había sido fiel. Pero, en el fondo de su corazón, seguía enamorado de la mejor amiga de su difunta esposa.

Cuando supo que Alexis se había convertido en diseñadora y se había ido al extranjero, se sintió profundamente aliviado. Bree se alegró, le dolía que Alexis hubiera roto el contacto con ella, pero aún guardaba algunos de sus antiguos patrones y se puso muy contenta al saber que había decidido luchar por sus sueños.

Raoul sacudió la cabeza y pensó que vivir con Alexis iba a ser un infierno. Aunque, por otra parte, ya vivía en el infierno.

Bree siempre había sabido que él quería tener hijos. Y como eso le importaba tanto, se había sentido en la obligación de ocultarle un secreto terrible: el mal congénito que afectaba a su familia.

Si Raoul lo hubiera sabido, no lo habría dudado ni un momento. Su esposa era lo más importante para él, así que habría renunciado a la posibilidad de ser padre. Pero Bree guardó el secreto hasta que ya no se pudo hacer nada; puso la vida de su hija por encima de la suya, y Alexis no se lo podía perdonar.

Cada vez que pensaba en Ruby, se acordaba del error que había cometido al presionar a Bree para que se quedara embarazada. Le dolía hasta el extremo de que se había alejado de la niña porque no soportaba la posibilidad de perderla, como había perdido a su madre. Sus primeros meses habían sido tan difíciles que habían temido por su vida. Y Raoul estaba harto de sufrir. Ya no podía más.

Miró las catas de vino que tenía sobre la mesa, alcanzó una copa y bebió un sorbo. Le supo amargo.

A continuación, echó un trago de agua y probó otro de los vinos, pero le supo tan amargo como el anterior y se maldijo para sus adentros.

No estaba de humor para trabajar. Pero, ¿qué podía hacer? ¿Volver a la casa?

La idea le revolvió el estómago, pero se levantó, vació las copas de las catas y las dejó en un estante, para que se secaran, antes de dirigirse a la casa.

Alexis estaba en la cocina cuando Raoul llegó. La oyó abrir y cerrar armarios mientras tarareaba una canción. Sonaba tan natural que se atrevió a soñar que era Bree quien estaba en la cocina.

Pero el sueño estalló en mil pedazos cuando vio su exuberante figura.

–Ahora entiendo que Catherine me haya dado tanta comida. El frigorífico y los armarios estaban prácticamente vacíos… ¿De qué has estado viviendo? ¿Del aire?

Raoul sabía que estaba bromeando, pero se puso tenso.

–Me las he arreglado bastante bien. No necesito que vengas a mi casa y critiques mi forma de vivir.

Ella arrugó sus sensuales y grandes labios.

–No, claro que no.

Raoul guardó silencio.

–Por cierto… He encontrado el dormitorio de Ruby con facilidad, pero no sé dónde quieres que me aloje –siguió hablando–. La única habitación de invitados que está en condiciones parece llena de cosas tuyas.

Estaba llena de cosas suyas porque dormía allí. Tras la muerte de Bree, no había sido capaz de dormir en su antiguo dormitorio.

–Quédate con la habitación que está junto al cuarto de la niña.

–Pero si es la suite principal...

–Ya no la uso, aunque tengo ropa en el armario. Si quieres, me la llevaré.

–Está bien, como quieras. ¿Te echo una mano con la ropa?

Él frunció el ceño.

–Mira... no quiero que estés aquí y desde luego no quiero que me eches ninguna mano. Catherine ha decidido que te ocupes de Ruby, así que ocúpate de Ruby. No te cruces en mi camino. Será mejor para los dos.

–Raoul, yo...

Raoul alzó una mano.

–Te vas a quedar en mi casa y no puedo hacer nada por impedirlo –la interrumpió– pero permíteme que te aclare una cosa: no quiero tu compasión, Alexis. Estoy harto de la compasión de los demás.

–Sí, ya lo veo.

La voz de Alexis sonó suave y tranquila pero, por la expresión de sus ojos, Raoul supo que le había hecho daño.

Se maldijo para sus adentros. No había tenido intención de sonar tan grosero, pero últimamente no sabía hablar de otra forma. La soledad no convertía a nadie en un gran conversador.

El sonido de un coche y de unas risas infantiles anunció la llegada de Catherine y de la pequeña Ruby. Raoul se quedó helado y tan tenso que no podía ni respirar.

–Me voy a dar una ducha –anunció.

Salió de la cocina con un portazo y se dirigió al cuarto de baño de su dormitorio, donde cerró la puerta. A continuación, se quitó la ropa, se metió en la ducha y abrió el grifo. El agua salió dolorosamente fría, pero no era nada en comparación con el vacío intenso que sentía por dentro; nada en absoluto.

Había hecho todo lo posible por impedir que su hija viviera bajo el mismo techo que él y, durante una temporada, lo había conseguido. La habitación de Ruby, que Bree había decorado con tanto cariño, seguía vacía. Por supuesto, Raoul era consciente de que algún día tendría que afrontar sus temores y asumir sus responsabilidades como padre,pero no imaginaba que se vería obligado por una mujer a quien no esperaba volver a ver en toda su vida.

Por la mujer a quien deseaba.

# *Capítulo Dos*

Alexis apretó a Ruby contra su pecho. Sentía el calor de su diminuto cuerpo y el aroma de su piel infantil.

Todo iba bien. Catherine se había ido unos momentos antes, le desagradaba dejar a su nieta, pero había tomado la decisión más adecuada.

Una suave brisa le revolvió el cabello a Ruby, que acarició la mejilla de Alexis. Al sentir su contacto, se acordó de Bree y sintió una punzada de dolor.

Sin darse cuenta, apretó a Ruby con demasiada fuerza y la pequeña protestó.

–Lo siento, preciosa –dijo en voz baja.

Tuvo que hacer un esfuerzo para contener las lágrimas. Pero se prometió en silencio que cuidaría de la hija de su amiga, que la querría y la cuidaría en su nombre y que jamás se olvidaría de Bree.

Al volver al interior de la casa, se dio cuenta de que Raoul no estaba por ninguna parte. Dejó a Ruby en el suelo, con los juguetes que Catherine le había llevado, y se sentó con ella. Parecía bastante tranquila, aunque Catherine le había dicho que podía llegar a ser muy exigente.

Le acababa de dar un oso de peluche cuando,

en algún lugar de la casa, sonó un portazo. Ruby se sobresaltó y Alexis rio con suavidad.

–Menudo ruido, ¿eh? –Alexis la tumbó en el suelo y le hizo cosquillas en los pies–. Ha sido muy fuerte…

La niña respondió con una sonrisa tímida, y Alexis pensó que había heredado la sonrisa de su padre.

–Vas a ser tan guapa que romperás corazones a tu paso.

Los ojos azules de Ruby se llenaron de lágrimas.

–Oh, Dios mío… ¿No te ha gustado lo que he dicho?

Alexis sentó a la niña en su regazo, en un intento por tranquilizarla, pero Ruby rompió a llorar de todas formas.

Vio a Alexis en el umbral.

–¿Qué le pasa? ¿Por qué está llorando? –preguntó.

La niña lloró con más fuerza.

–No lo sé. Puede que se haya asustado al verte… O que se sienta insegura porque está en una casa que no conoce y, además, con una persona que no conoce.

Él asintió.

–¿Puedes hacer algo para tranquilizarla?

Alexis frunció el ceño.

–Estoy haciendo lo que puedo –contestó–. Pero tendría más éxito si dejaras de hablar en un tono tan seco.

Raoul hizo caso omiso.

–Será mejor que la tengas en su habitación cuando yo esté en casa.

Ella lo miró con extrañeza.

–Esta casa también es suya, Raoul... Estás bromeando, ¿verdad?

Raoul le clavó la mirada.

–No.

Él dio media vuelta con intención de salir de la habitación, pero Alexis perdió la paciencia y le dijo, con tanta firmeza como le fue posible:

–Basta ya. Cualquiera diría que Ruby es una desconocida que no te importa. Es tu hija.

Raoul se giró lentamente.

–Una hija que yo no quería tener en esta casa. Su presencia es un problema para mí y, dado que te has ofrecido a ser su niñera, espero que dediques todas tus energías a Ruby.

Alexis no reconocía al hombre que estaba ante ella. Su cuerpo le gustaba tanto como siempre, pero sus palabras parecían de otra persona.

–¿Entendido? –dijo él–. Y ahora, espero que hagas lo necesario para que se calme, y que lo hagas rápido.

Alexis notó que Raoul intentaba fingirse despreocupado, pero no se dejó engañar. Podía ver la tensión en su mirada.

–Quédate con ella un momento.

–¿Cómo? –dijo él, desconcertado.

–Tengo que prepararle la comida. Ya es su hora.

Raoul dio un paso atrás y la miró como si le hubiera pedido que echara un vaso de vinagre en el mejor de sus vinos.

–¿Me estás diciendo que eres incapaz de hacer tu trabajo de niñera?

–No, por supuesto que no –replicó con tanta paciencia como pudo–. Simplemente te he pedido que sostengas a tu hija y la entretengas un poco mientras yo le preparo la comida.

Él la miró irritado.

–Lo siento, pero no te pago un sueldo para que me dejes a Ruby cuando te convenga.

Alexis dio media vuelta otra vez y se marchó.

Entonces, Ruby miró a Alexis, se metió el pulgar en la boca y dejó de llorar. Por lo visto, se alegraba de que su padre se hubiera ido.

–Bueno, no ha ido tan bien como esperaba –dijo a la pequeña–. Nos tendremos que arreglar sin él.

Alexis le dio un beso en la cabeza y, tras tomarla en brazos, la sentó en su sillita, le dio una galleta para que la mordisqueara un rato y se dedicó a leer las notas que Catherine le había dejado. Al parecer, la niña se echaba la siesta dos veces al día y dormía con toda normalidad de noche, después del biberón.

En principio, parecía fácil. Alexis suspiró y miró otra vez a la pequeña.

¿Cómo era posible que Raoul se negara a cuidar de Ruby? Le parecía tan absurdo que, si no hubiera hablado con él unos segundos antes, habría rechazado la posibilidad de que pudiera ser tan frío.

Pero, ¿seguro que lo suyo era frialdad? Había notado algo extraño en sus ojos, algo que no había sabido interpretar. Y, al pensar en su expresión, llegó a una conclusión tan desconcertante como extraña.

Raoul estaba asustado. Por algún motivo, tenía miedo de su propia hija.

Un segundo después, Ruby se frotó los ojos con las manitas llenas de migas de galleta y Alexis se puso en acción. Si quería dar de cenar a la pequeña, tendría que darse prisa; estaba a punto de quedarse dormida.

Al cabo de un rato, ya la había bañado, le había cambiado los pañales, le había puesto un pijama y le había dado el biberón. La acostó en la cuna, a continuación, comprobó que el busca estaba encendido y salió del dormitorio.

Ya en el pasillo, se detuvo. No sabía qué hacer. ¿Debía buscar a Raoul y pedirle explicaciones por su extraño comportamiento? ¿U olvidar el asunto y comportarse como si no hubiera pasado nada?

Como aún no había guardado sus cosas, se dirigió al dormitorio principal con intención de vaciar la maleta. Al entrar en el vestidor, vio que uno de los lados estaba completamente vacío y el otro, lleno de ropa de mujer. Alexis tocó la ropa y se le hizo un nudo en la garganta; aún olía al perfume favorito de Bree.

El sentimiento de desolación por la muerte de su amiga se combinó con otro de solidaridad profunda hacia el hombre que aún no había sido capaz de guardar las pertenencias de su difunta esposa.

Salió del vestidor y se dirigió a una cómoda. Los cajones no tenían nada, así que los llenó con sus cosas y, a continuación, quitó la maleta de encima de la cama.

Entonces, llamaron a la puerta.

–¿Sí?

Raoul entró en la habitación y el cuerpo de Alexis reaccionó al instante. Quizás no fuera el hombre que había sido, pero le causaba el mismo efecto. El corazón se le había acelerado y la respiración se le había vuelto irregular.

–¿Qué quieres?

Alexis lo miró a los ojos y se dijo que debía ser más tolerante con él. A fin de cuentas, había perdido lo que más amaba.

–Solo te quería preguntar si necesitas algo.

Ella asintió y guardó silencio. No estaba segura de que mencionar las pertenencias de Bree fuera lo más oportuno.

–He notado que la niña ha dejado de llorar. ¿Se encuentra bien?

–Sí, se ha quedado dormida –respondió–. Seguro que no la vuelves a oír hasta mañana por la mañana.

–¿Y cómo sabes que se encuentra bien? No estás con ella –observó.

Alexis dio una palmadita al pequeño altavoz que llevaba prendido del cinturón.

–Lo sé por esto. En cuanto se despierte, lo sabré.

–¿Estás segura?

–Por supuesto que sí. El aparato parece nuevo y, además, comprobé las pilas.

Raoul se estremeció.

–Las pilas son viejas. Compra otras y cámbialas –le ordenó.

Al menos, estaba demostrando que el bienestar de su hija le importaba.

–¿Quieres algo más? He pensado que podría preparar la cena... Ruby ya ha comido, pero nosotros no.

–No te molestes, prefiero cenar solo –dijo–. Ya me prepararé algo.

Ella se encogió de hombros.

–No es ninguna molestia. Cocinar para dos es igual que cocinar para uno. Pero, si no me quieres acompañar, te dejaré la cena en el horno.

Él asintió.

–Gracias.

–Si cambias de opinión, dímelo; me encantaría charlar contigo. Aunque, si lo prefieres, podríamos desayunar juntos mañana por la mañana, con Ruby. Creo que sería tan bueno para ella como para ti.

Raoul suspiró y se pasó una mano por la cara.

–Mira, sé que solo quieres hacer lo que te parece mejor para la niña, pero vuestra presencia es una complicación. No me lo pongas más difícil.

–Bueno...

–Olvídalo, Alexis. Si las cosas pudieran ser de

otra forma, actuaría de otra forma. Pero son como son –dijo–. Cuando Catherine se recupere, todo volverá a la normalidad.

–¿A la normalidad? Esto no es normal. No es normal en absoluto –protestó Alexis–. Bree no habría querido que mantuvieras las distancias con tu propia hija.

Él frunció el ceño.

–Haz tu trabajo y deja de meterte en mi vida.

Raoul se marchó al instante y ella se quedó completamente desolada. Por lo visto, no podía mencionar el nombre de su difunta amiga sin que él saliera corriendo. Era evidente que la había querido mucho y que no se había recuperado de la pérdida de su amor. Pero, ¿cómo era posible que no extendiera ese amor a su pequeña?

Raoul estaba tumbado en la cama, consciente de que ya no podía dormir más. Había llegado el momento de levantarse y de huir a la bodega antes de que Alexis y Ruby tomaran posesión de la casa.

Ya no estaba en su santuario particular. Ya no encontraría en aquellas paredes la paz que necesitaba. Ya no sería el lugar tranquilo y seguro donde se podía quedar a solas con sus recuerdos.

Llevaban una semana en la casa, una semana que le había parecido un siglo.

El día anterior, se había llevado un disgusto al comprobar que Alexis había cambiado la disposición de los muebles del salón. Cuando se interesó al respecto, ella dijo que los había cambiado de sitio para evitar que Ruby sufriera un accidente: la niña se subía al sofá y a las sillas para intentar alcanzar los objetos más diversos. Raoul aprobó su decisión, pero le causó un pesar profundo porque el orden anterior era el orden de Bree.

Bostezó y se estiró en la cama. Había dormido tan mal como todos los días desde que Alexis lo acusó indirectamente de ser un mal padre. Sus palabras le habían hecho daño. Alexis no imaginaba lo que sentía cuando miraba a Ruby; no entendía que veía a Bree, y que su sentimiento de pérdida era tan intenso que no lo podía soportar.

Y luego estaba el miedo. Una bestia irracional que había crecido en su interior y que amenazaba con tragárselo todo. ¿Qué pasaría si a Ruby le pasaba algo malo? ¿Qué ocurriría si él no sabía qué hacer o no reaccionaba a tiempo? El peso de la responsabilidad lo abrumaba tanto que la presencia de Alexis no le producía el menor alivio.

Apartó la sábana, se levantó y se subió los pantalones del pijama. Oyó un chillido procedente del cuarto de la niña. El sonido lo dejó helado durante un segundo, pero se puso rápidamente en movimiento al oír un segundo chillido. Al llegar a la habitación de Ruby, estaba tan asustado que tuvo que hacer un esfuerzo para llevar la mano al pomo de la puerta.

Ruby no dejaba de chillar. ¿Dónde diablos se había metido Alexis?

Temblando, entró en el dormitorio y clavó los

ojos en la niña, intentando encontrar la causa de su aflicción. Pero no encontró ningún motivo que la explicara. Aparentemente, estaba bien. Así que cruzó la habitación y se detuvo junto a la cuna.

De repente, la niña sacó los bracitos de entre los barrotes como si intentara alcanzar algo. Alexis echó un vistazo a su alrededor y vio un osito de peluche en el suelo. ¿Sería posible que estuviera tan alterada por un simple juguete?

Se inclinó, recogió el peluche y se lo dio. La niña dejó de chillar unos segundos, pero enseguida se tumbó en la cuna y rompió a llorar otra vez.

–Oh, Dios mío… Hoy vas a tener uno de esos días, ¿verdad?

Alexis pasó a toda prisa junto a Raoul.

–¿Dónde demonios te habías metido? Ruby estaba chillando –dijo él.

–Solo ha pasado un minuto desde que ha empezado a chillar –declaró ella en su defensa–. Aunque te comprendo… Cuando se pone así, es tan insoportable que un minuto parece un siglo.

Sacó a Ruby de la cuna y la tomó en brazos. Raoul fue consciente de que la niña se apretaba contra ella en busca de afecto y, sobre todo, en busca de los grandes y redondeados senos de Alexis.

Raoul se excitó. Por si la silueta de sus senos no fuera suficiente, se había presentado con unos pantaloncitos de pijama tan cortos que dejaban ver toda la extensión de sus largas y morenas piernas.

Pero, entonces, notó algo que no le gustó tanto.

–¿A qué huele?

–Ah, claro... Ahora entiendo que se haya despertado antes de lo normal.

Raoul frunció el ceño.

–No te entiendo.

–Necesita que le cambien los pañales –explicó ella.

Él retrocedió.

–¿Estás segura de que solo es eso? Quizás deberíamos llamar al médico.

Alexis soltó una carcajada que a él le sonó muy suave, demasiado íntima.

–No veo qué tiene de gracioso –protestó él–. Podría estar enferma.

–No te preocupes tanto. No le pasa nada.

Alexis tumbó a la niña en la mesita, le puso una mano en el estómago y le quitó los pañales manchados antes de alcanzar uno limpio. El olor se volvió insoportable. Pero Raoul no salió del dormitorio porque el olor le diera asco, sino porque seguía excitado por culpa de Alexis e intentaba disimular su erección.

Volvió unos minutos después, más tranquilo. Para entonces, Alexis ya había puesto unos pañales limpios a Ruby.

–¿Te encuentras bien, Raoul?

La voz de Alexis lo sacó de sus pensamientos.

–Sí, sí... perfectamente –replicó.

–En ese caso, sostén a Ruby mientras yo me voy a lavar las manos.

Antes de que él pudiera protestar, Alexis le dejó a la niña en los brazos. Y Raoul se estremeció, muerto de miedo. ¿Qué pasaría si le hacía daño, si hacía algo mal? ¿Qué haría si empezaba a llorar otra vez?

Miró los ojos azules de su hija, tan parecidos a los de Bree. Bajo sus pestañas se formaron gotas, como si estuviera al borde del llanto.

–Gracias Raoul. Ya me encargo de ella.

Raoul le devolvió a la niña, inmensamente aliviado. Pero, de repente, pasó algo que no esperaba. Se sintió como si echara de menos el peso de su hija, la calidez de su piel, la respiración de sus pequeños pulmones.

Dio un paso atrás y, luego, otro.

No, no se podía sentir así. No se podía permitir el lujo de amar otra vez y de volver a perder el amor, como le había pasado con su esposa.

Con esfuerzo, se sobrepuso al sentimiento de vacío y apartó la mirada de la niña, que ahora lo observaba con interés pegada al pecho de Alexis.

–¿Estás segura de que se encuentra bien?

Alexis sonrió.

–Claro que está bien –afirmó–. Aunque se ha despertado tan pronto que luego tendrá que echarse una siesta más larga de lo normal.

–Bueno... pero no dudes en llamar al médico si su estado te preocupa.

–No dudaré. Te lo prometo.

La voz de Alexis sonó más suave que antes y, cuando sus miradas se cruzaron, Raoul tuvo la sensación de que sentía lástima de él.

No quería la solidaridad de nadie. No quería la

conmiseración de nadie. Las cosas le iban bien, muy bien. O, al menos, intentó convencerse de que le iban bien.

Pero no se pudo engañar. Empezaba a notar la influencia de Ruby y de Alexis, una influencia profunda, que ejercían en planos distintos. Y le abrumaba tanto que dio media vuelta y salió de la habitación.

Necesitaba estar solo. Marcar las distancias.

Alexis admiró el cuerpo de Raoul cuando salió del dormitorio, apartó la vista con un suspiro cuando el objeto de sus deseos se subió los pantalones del pijama, que le estaban demasiado grandes y se le caían.

Siempre había sido un hombre extraordinariamente atractivo. De hecho, su pérdida de peso contribuía a enfatizar la belleza y la definición de sus músculos, particularmente, a la altura de su estómago.

Alexis se alegró de tener que cuidar de Ruby, porque la presencia de la niña había impedido que hiciera algo tan estúpido como acercarse a él y tocarlo. Habría dado cualquier cosa por llevar las manos a su estómago e introducirlas por debajo de los pantalones. Habría dado cualquier cosa por comprobar si Raoul Benoit era susceptible a sus encantos.

La boca se le hizo agua, y sintió un cosquilleo en la yema de los dedos. Cerró los ojos brevemente, en un intento por borrar la imagen del cuerpo de Raoul, pero su huella se volvió más profunda.

Sacudió la cabeza y se dijo que el deseo solo serviría para complicar las cosas. No la llevaría a ninguna parte ni les haría ningún bien a ninguno. Estaba allí en calidad de niñera, para hacer un trabajo. Sería mejor que lo recordara.

Llevó a Ruby a su dormitorio, para vigilarla mientras se vestía, y siguió analizó lo sucedido. Ahora lo entendía todo. Comprendía la renuencia de Raoul a estar con la niña, a tenerla en brazos, a interrelacionarse con ella en cualquier sentido. Comprendía esa extraña obsesión por su estado físico. Había dejado a la niña en sus brazos porque quería hacer un pequeño experimento. Y había sido un éxito. Tal como imaginaba, Raoul había sentido miedo, no miedo de su hija, sino miedo por su hija, por lo que le pudiera pasar.

El instinto paternal de Raoul era muy intenso, aunque no supiera qué hacer con él. Y Alexis pensó que le podía echar una mano en ese sentido. Si él se lo permitía.

Se giró hacia la fotografía enmarcada de Bree, que decoraba la mesita del dormitorio, y dijo en voz alta:

–Raoul es un caso difícil. Pero creo que ya he dado el primer paso.

Alexis se sintió súbitamente esperanzada. Era consciente de que su amiga habría aprobado sus esfuerzos por arrancar a Raoul de las garras de la depresión.

# *Capítulo Tres*

Raoul mantuvo las distancias los días siguientes, para disgusto y frustración de Alexis. Tenía intención de incluirlo poco a poco en las rutinas de Ruby, pero siempre se las arreglaba para desaparecer. Sin embargo, la breve interacción de padre e hija había servido para despertar la curiosidad de la pequeña, que ya no tenía miedo del hombre de expresión sombría que había entrado en su mundo. Ahora, cuando lo veía, no rompía a llorar. De hecho, tendía a dejar lo que tuviera entre manos y gatear hacia él.

En cualquier caso, no se podía negar que habían avanzado un poco. Y Alexis adoptó una rutina diaria que resultó bastante más sencilla de lo previsto porque Catherine había apuntado a la niña a un grupo de juegos en una guardería local, donde jugaba con niños de su edad y con otros algo mayores.

Un día, estando en el grupo, una de las madres se acercó a ella y se sentó a su lado.

–Hola, soy Laura –dijo con una sonrisa radiante–. Soy la madre del niño de pantalones vaqueros y camiseta militar que está gateando.

Alexis le devolvió la sonrisa.

–Encantada de conocerte. Yo me llamo Alexis.

–¿Sabes algo de Catherine?

–La operación salió muy bien. Ahora está en la casa de su hermana, en Cashmere.

Laura guardó silencio y se dedicó a mirar a los niños unos segundos. Alexis tenía la sensación de que quería decir algo más y no se atrevía. Pero, al final, la miró de nuevo y dijo en voz baja:

–Nos llevamos una sorpresa cuando supimos que Ruby se iba a quedar en casa de su padre. Sobre todo, teniendo en cuenta que...

–¿Sí?

–No quiero meterme donde no me llaman, pero ¿Raoul está bien? Muchos de nosotros nos hicimos amigos de Raoul y de su esposa durante el embarazo de Bree. Luego, pasó lo que pasó y Raoul rompió el contacto –declaró Laura–. Hemos intentado hablar con él, pero parece que no quiere ver a nadie.

Alexis asintió. Obviamente, no le podía dar explicaciones. No tenía derecho. Pero intentó tranquilizarla.

–Descuida. Las cosas van muy bien.

Laura la miró un momento y soltó un suspiro de alivio.

–No sabes cuánto me alegro –dijo–. Por cierto, me han comentado que eras amiga de Bree...

Alexis asintió una vez más.

–Sí, desde la infancia. Estudiamos juntas en el colegio, aunque nos distanciamos un poco cuando ella se marchó a Auckland para ir a la universidad.

Luego, retomamos el contacto y lo volvimos a perder tras su matrimonio.

Alexis sintió una punzada de amargura. Se sentía culpable por haber roto la relación con Bree cuando se casó con Raoul. Se había ido del país porque no soportaba ver a su mejor amiga con el hombre que ella deseaba.

–La echamos mucho de menos... –dijo Laura.

–Yo también la extraño.

Laura le apretó la mano con afecto y Alexis se sintió un fraude por aceptar la solidaridad de la otra mujer. Había abandonado a Bree. La había dejado sola cuando más lo necesitaba. Y todo porque no había sido capaz de controlar sus hormonas.

Se sentía en deuda con su difunta amiga. Por eso estaba allí, cuidando de Ruby. Por eso se arriesgaba a compartir casa con el hombre de sus sueños.

–El domingo por la tarde, si el tiempo lo permite, vamos a hacer una fiesta en la playa –declaró Laura de repente– con las familias que traemos a los niños a la guardería. Si quieres, estás invitada... Llevaremos mesas e instalaremos una barbacoa. Me encantaría que Ruby y tú vinierais. Y si puedes traer a Raoul, tanto mejor...

–No sé si podré, Laura. ¿Te importa que te lo confirme más tarde?

Laura sacudió la cabeza y sonrió nuevamente.

–No, por supuesto que no. Aquí tienes mi número de teléfono.

Laura le dio el número.

–Cuando sepas si vas a venir, avísame.

***

Alexis se llevó a la niña de la guardería y volvió a la casa de Raoul en su coche. Ruby se había quedado dormida en la sillita del asiento trasero, así que la tuvo que levantar con mucho cuidado y llevarla en brazos hasta la cuna.

Tras tumbarla en ella, se dedicó a observarla. La pobre niña había perdido a su madre y, por si eso fuera poco, tenía un padre que no se atrevía a asumir su responsabilidad.

Apoyó las manos en la barandilla de la cuna y las cerró con fuerza.

No sabía cómo, pero debía encontrar la forma de sacar a Raoul de su ensimismamiento, de conseguir que volviera a la vida.

De lo contrario, le fallaría a Bree, se fallaría a sí misma, y sobre todo, fallaría a Ruby.

El domingo amaneció despejado. Raoul contempló el cielo sin nubes y frunció el ceño. No quería ir a la fiesta de la playa, de hecho, se había negado en redondo. Pero Alexis había despreciado su negativa y se había comportado como si su opinión no tuviera la menor importancia.

Consideró la posibilidad de encerrarse en la bodega o perderse por los viñedos, aunque las viñas no estaban en condiciones de ocultar a nadie: a medida que se acercaba el invierno, habían empezado a perder las hojas. Si hubiera sido época de vendimia, Raoul se habría excusado con el argumento de que tenía muchas cosas que hacer, pero no lo era.

Tenía que hacer algo. No se sentía con fuerzas para asistir a la fiesta. No se creía capaz de enfrentarse a las sonrisas y a las palabras de apoyo de aquellas personas, cuyas buenas intenciones no podían cambiar nada en absoluto.

Pero, especialmente, no quería estar en compañía de Alexis Fabrini. Ya le dolía bastante la tortura de tener que cruzarse con ella todos los días y de volver a sentir el deseo que lo dominaba desde la primera vez que se habían visto. Tras la muerte de Bree, la libido de Raoul se había apagado hasta el extremo de que llegó a creer que se había liberado de ella; pero había renacido con más fuerza que nunca cuando Alexis se presentó en su casa.

Era una sensación tan incómoda como inconveniente.

–Ah, ya estás preparado...

La alegre voz de Alexis sonó a espaldas de Raoul, que se dio la vuelta y se excitó al contemplar sus largas piernas. Hacía verdaderos esfuerzos por mantener el control de sus emociones, pero no lo conseguía.

Alzó la cabeza y miró a la niña. Le había puesto unos pantaloncitos de color rosa, un jersey a rayas y un gorrito de lana. Ruby apartó la cabeza del pecho de Alexis y dedicó una sonrisa encantadora a su padre, que se estremeció y pensó que su hija era extraordinariamente guapa; tan guapa como su difunta madre.

–¿Vamos en tu coche? ¿O en el mío? –continuó ella.

Raoul suspiró.

–No sé si voy a ir... tengo que comprobar unas cosas en la bodega. ¿Por qué no os adelantáis vosotras? Yo iré después, si puedo.

Alexis apretó los labios y lo miró con toda la determinación de la que eran capaces sus ojos.

–No vas a venir, ¿verdad? –dijo, tajante–. No quieres venir.

Raoul estuvo a punto de negarlo, pero era tan evidente que prefirió ser sincero.

–No, no quiero ir.

Esta vez fue ella quien suspiró.

–Está bien. Entonces, iremos solas. Mejor.

–¿Mejor? ¿Qué quieres decir con eso?

Alexis se encogió de hombros.

–Sé que te has encerrado en ti mismo desde que Bree falleció, pero te recuerdo que no eres la única persona que la ha perdido –contestó–. Todos sus amigos la hemos perdido, y algunos lo han pasado especialmente mal porque tú les has cerrado tu corazón y los has expulsado de tu vida. Te echan de menos, Raoul.

–Yo...

Raoul no terminó la frase. Sabía que Alexis tenía razón. Había cortado los lazos con todos sus amigos porque no soportaba sus palabras de apoyo ni sus discursos de volver a vivir y seguir adelante.

Pero, por otro lado, no podía negar que extrañaba la camaradería de algunas personas. Echaba de menos las discusiones sobre vinos y la posibilidad de divertirse viendo un partido de rugby y bebiendo unas cervezas en la barra de un bar.

Desgraciadamente, no sabía si estaba preparado para retomar sus antiguas relaciones. Ni siquiera sabía si sus amigos reaccionarían bien cuando volviera con ellos. A fin de cuentas, los había tratado con brusquedad en más de una ocasión. Le disgustaba que siguieran con sus vidas, tan tranquilos y felices como siempre, mientras él se hundía en el abismo.

Un segundo después, Alexis recogió la bolsa que había preparado y se dirigió a la salida, dándolo por perdido. Raoul la miró con horror y exclamó:

–¡Espera!

Alexis se detuvo y se giró.

–He cambiado de opinión –dijo–. Os acompaño. Iremos en mi todoterreno.

Raoul le quitó la bolsa y se la puso al hombro.

Veinte minutos más tarde, cuando ya se acercaban a la playa donde se iba a celebrar la fiesta, a Raoul se le hizo un nudo en la garganta. Estaba nervioso, y se sobresaltó al sentir la mano de Alexis en el brazo.

–Estarás bien, Raoul. Te lo prometo.

Él no dijo nada.

–No te preocupes por la gente –continuó ella–. Son amigos tuyos. Saben que lo has pasado muy mal. Comprenden tu situación.

Raoul dudó de que sus amigos comprendieran nada, pero alejó esos pensamientos. Alzó la cabeza y miró a Ruby por el retrovisor. La sensación de ahogo se volvió casi insoportable, pero soltó un suspiro y dijo:

–Bueno, vamos allá.

Bajó del vehículo y abrió la portezuela trasera para sacar la bolsa con la comida, los pañales y el carrito de la pequeña. Dejó el carrito en el suelo e intentó desplegarlo, pero no sabía cómo.

–Deja que lo haga yo.

Alexis dejó a la niña en brazos de Raoul y desplegó el carrito en dos segundos.

–¿No debería ir sentada? –pregunto él.

–De momento, está bien donde está. ¿Verdad, preciosa?

Alexis acarició la cara de la niña, que la recompensó con una risita. A Raoul le pareció un sonido tan delicioso que se emocionó. Pero apartó la sensación de inmediato. No podía permitir que las emociones lo dominaran.

–No, no… –dijo con vehemencia–. Es mejor que vaya en el carrito.

Sentó a la pequeña.

–Estaba mejor contigo, Raoul… –alegó Alexis.

–Sé lo que intentas hacer.

Ella frunció el ceño.

–No te entiendo.

–Me entiendes perfectamente, pero no te vas a salir con la tuya. No me puedes encajar en el molde que me has preparado.

Alexis lo miró airada y apretó los labios con fuerza.

–¿Eso es lo que crees? ¿Que intento meterte en un molde? Estás muy equivocado, Raoul... Yo no pretendo nada. Simplemente, eres el padre de Ruby y es hora de que empieces a asumir tus responsabilidades.

Raoul ya se disponía a replicar cuando ella añadió, con más dulzura:

–Sé que echas de menos a Bree y que estabas muy enamorado de ella., pero rechazar a Ruby no te devolverá a tu esposa. Como mucho, solo servirá para que su recuerdo se apague con más rapidez.

Raoul se encogió de hombros.

–Mira, Alexis... Estoy haciendo lo que puedo, de la única forma que sé –le confesó–. Solo te pido que no me presiones. Déjame ser quien soy.

Raoul tomó la bolsa y se dirigió al grupo que estaba en la playa. En el fondo, sabía que ella tenía razón. Bree no habría querido que abandonara a su hija; no habría aprobado que la dejara al cuidado de Catherine.

Sin embargo, su actitud no se debía enteramente al miedo. El tiempo que Ruby estuvo en el hospital, se dio cuenta de que Catherine necesitaba tanto a la niña de su difunta hija como Ruby a una mujer que le diera su amor. Además, ¿qué sabía él de bebés? No sabía nada de nada. Ruby estaría mejor con su abuela y, entre tanto, él tendría la soledad que necesitaba para llorar a Bree.

Además del problema de la niña, la presencia de Alexis en la casa le había despertado un deseo que, hasta entonces, creía dormido. Con su calor, con sus palabras, con su contacto físico ocasional, Alexis había revivido emociones que Raoul se había negado a sí mismo y que, en su opinión, no merecía.

Raoul no estaba dispuesto a arriesgarse otra vez. No quería amar. No se podía permitir el lujo de condenarse a otra pérdida. No quería sentir.

Saludó con la mano a uno de los hombres que estaban junto a la barbacoa y caminó hacia él. Se sintió extrañamente relajado cuando le estrechó la mano a Matt.

–Me alegro mucho de verte –dijo su amigo, que sonrió y le dio un abrazo–. Te hemos echado de menos.

–Y yo a vosotros.

Matt le ofreció una cerveza y él la aceptó. Durante los minutos siguientes, se acercaron varias personas más que, para alivio de Raoul, no se refirieron ni a su prolongada ausencia ni a la muerte de Bree.

Estaba empezando a disfrutar cuando a uno de los chicos señaló a Alexis, que estaba sentada con los niños y con varias mujeres.

–¿Niñera nueva? Es una preciosidad... –dijo con humor–. Supongo que te alegrarás de tenerla en tu casa.

Raoul se puso tenso.

–Alexis era amiga de Bree. Está cuidando de mi hija, pero eso es todo –replicó–. Solo es una situación temporal, hasta que Catherine regrese.

La mención de Bree dejó tan helados a los amigos de Raoul como si les hubiera echado un cubo de agua fría.

–Lo siento. No estaba insinuando nada –se defendió el hombre.

–No importa. Olvídalo.

Raoul se intentó comportar como si el asunto no le hubiera molestado, pero le había molestado. Fue consciente de que en su enfado había algo más. A fin de cuentas, el comentario de su amigo no merecía una reacción tan extrema por su parte. Había sido una simple insinuación; una tontería sin importancia.

Entonces, ¿por qué le había irritado tanto?

Alexis supo que alguien la estaba mirando cuando se le erizó el vello de la nuca. Se dio la vuelta y descubrió que los ojos de Raoul estaban clavados en ella, pero él apartó la mirada enseguida y se puso a charlar con sus compañeros.

Mientras contemplaba la escena, se le alegró el corazón. Raoul necesitaba divertirse un poco; merecía divertirse un poco.

Justo entonces, Raoul soltó una carcajada y ella pensó que tenía la risa más atractiva del mundo. Luego, él se inclinó para sacar un refresco de la nevera y ella admiró la tensión de sus músculos bajo el jersey fino que se había puesto.

No podía negar que lo deseaba. Su cuerpo reaccionaba de un modo absolutamente visceral cuando estaban cerca.

–Es muy guapo, ¿verdad?

La voz de Laura la sobresaltó.

–¿Cómo?

–Me refería a Raoul.

Alexis se ruborizó.

–Ah, sí, bueno…

Laura sonrió.

–No te preocupes. Tu secreto está a salvo conmigo.

–¿Secreto? ¿Qué secreto?

Laura arqueó una ceja y la miró con ironía.

–¿Desde cuándo te gusta?

Alexis suspiró.

–Desde hace años –respondió, sorprendida de su propia sinceridad.

–Comprendo…

Alexis ni siquiera supo por qué se lo había dicho. Ni sus propios padres lo sabían. Había guardado el secreto tan bien que nadie imaginaba que se sentía atraída por Raoul Benoit. Y ahora, se lo confesaba a una mujer que era una desconocida.

–No se lo digas a nadie, por favor.

–Claro que no. ¿Por qué lo iba a decir? Además, me alegra mucho.

–¿Por qué? –preguntó, confundida.

–Porque tengo la impresión de que eres exactamente lo que Raoul necesita. Estar de luto es una cosa, pero esconderse del mundo es otra cosa bien distinta –observó–. Todos merecemos un poco de felicidad, ¿no crees?

–Sí, eso es cierto.

Felicidad. Alexis se preguntó si podría llevar ese ingrediente tan esquivo a la vida de Raoul; si encontraría las fuerzas necesarias para conseguir que aceptara a su hija y, sobre todo, que volviera a amar.

Pero el amor le pareció lo de menos. Ruby era lo más importante.

Además, no estaba segura de merecer el amor de Raoul.

Después de comer, los adultos se quedaron sentados mientras los niños jugaban en la playa y en un parque cercano. Alexis se levantó y se dirigió al parque para ver si Ruby se encontraba bien; la había dejado al cuidado de unas mujeres.

Por el camino, oyó un grito procedente de la playa que la distrajo. Solo fue un segundo, pero suficiente para que perdiera de vista a Ruby y sintiera un acceso de pánico. ¿Dónde se habría metido?

Por suerte, Ruby solo había avanzado un par de metros. Se había puesto a gatear hacia los columpios y había quedado oculta tras unos chicos.

Aliviada, Alexis apretó el paso. Ruby se volvió a sentar y empezó a mordisquear una ramita que estaba en el suelo.

–¿Qué haces con eso? –preguntó, divertida.

Entonces, apareció Raoul.

–¿Qué diablos tiene en la boca? –bramó.

Él se inclinó y le quitó la ramita. La niña empezó a chillar.

–Se supone que la tienes que vigilarla –continuó él.

–Y la estaba vigilando…

–No muy bien, por lo visto. ¿Cómo es posible que seas tan irresponsable? Cualquiera sabe qué se puede meter en la boca cuando no la miras.

–Por Dios, Raoul, solo es una rama. Además, los niños pequeños siempre se meten cosas en la boca… No te preocupes. Tu hija está bien.

–¿Ah, sí? ¿Y qué habría pasado si en lugar de una rama se hubiera metido algún objeto tóxico? ¿O si se hubiera caído y se hubiera clavado la rama en la garganta? –replicó–. Yo diría que tengo motivos para preocuparme.

El tono de censura de Raoul le heló la sangre en las venas. Alexis sabía que tenía parte de razón; se suponía que era su niñera y, sin embargo, había fallado en sus obligaciones. Mantuvo la compostura, tomó a Ruby en brazos y la acunó suavemente para que dejara de llorar.

Él tiró la rama al suelo, disgustado.

–Sabía que esto era un error. Nos vamos ahora mismo.

Raoul le dio la espalda y se alejó del parque.

–¿Te encuentras bien? –preguntó Laura, que se He oído vuestra conversación y…

–Descuida. No tiene importancia.

–Es un padre muy protector, ¿no?

–Sí, demasiado. Aunque, en este caso, está en lo cierto. Debería haber estado más atenta –dijo.

–Es obvio que tiene miedo de perderla como perdió a Bree –afirmó Laura–. Todos los padres tenemos miedo por nuestros hijos, pero él tiene más motivos.

Alexis suspiró y lanzó una mirada a Raoul, que se acababa de despedir de sus amigos y estaba recogiendo las cosas.

–Sí, eso es verdad.

–Bueno, seguro que se tranquilizará con el tiempo.

–Ojalá...

Laura sonrió.

–¿Sabes una cosa? Muchos llegamos a pensar que, tras el fallecimiento de Bree, Raoul no sería capaz de querer a su hija; pensamos que, en cierto sentido, la consideraba culpable de su muerte... Pero he cambiado de opinión. Después de verlo esta tarde, estoy segura de que su problema es otro. Simplemente, quiere tanto a esa niña que tiene miedo de perderla.

Alexis asintió.

–Sí, estoy de acuerdo contigo –dijo–. En fin... Gracias por invitarnos a la fiesta. Solo siento que termine de un modo tan amargo.

–No es para tanto, Alexis. Me alegra que hayáis podido venir. Pero espero que nos veamos en otra ocasión...

–Sí, yo también lo espero.

Alexis se despidió de todos y se dirigió al lugar donde estaba Raoul, que le lanzó una mirada cargada de impaciencia.

–Tenemos que hablar –dijo él.

–Cuando lleguemos a casa.

Ella pensó que era cierto. Tenían que hablar. Pero también tenía la sospecha de que Raoul no le haría el menor caso.

Contempló su cara pétrea y se estremeció al distinguir el fondo de dolor que había en sus ojos. De haber estado en su mano, le habría devuelto la felicidad al instante.

Mientras volvían a la casa, dudó por primera vez de su decisión de ayudarlo con Ruby. La situación se estaba complicando y carecía de la objetividad necesaria para afrontarla con frialdad.

Pero, ¿cómo podía ser objetiva cuando, cada vez que lo veía, sentía el deseo de hacerle el amor apasionadamente?

# *Capítulo Cuatro*

Raoul aparcó en el vado de la casa. Alexis se había mantenido en silencio durante todo el trayecto, solo habían sido veinte minutos escasos, pero le había parecido un siglo y se alegró de llegar. Sin embargo, su alivio era poca cosa en comparación con la rabia que sentía. En teoría, Alexis estaba allí para cuidar de Ruby, solo para cuidar de Ruby y estaba haciendo bastante más que eso.

Su vida era más sencilla antes de que ella apareciera. Llevaba una existencia solitaria, pero también segura. Ahora, en cambio, cada día amanecía con un desafío nuevo que le incomodaba más que el anterior.

Salió del vehículo y sacó las bolsas y el carrito del maletero mientras Alexis se encargaba de la pequeña.

–Voy a darle el biberón para que se tranquilice y se quede dormida –declaró ella–. Vuelvo enseguida.

Él asintió.

–Te espero en el despacho.

Raoul se dedicó a caminar por el despacho los minutos siguientes, nervioso. No sabía qué hacer, pero sabía que la presencia de Alexis le estaba causando muchos problemas. Tenía que librarse de ella.

Por fin, Alexis llamó a la puerta y entró sin esperar respuesta.

–Me ha costado tranquilizarla, pero ya se ha quedado dormida –dijo.

Ella cruzó el despacho y se sentó al otro lado de la mesa, bajo la atenta mirada de Raoul. Los vaqueros ajustados le acentuaban las curvas y la longitud de las piernas. Era una mujer preciosa.

–Ya sé por qué ha estado tan difícil últimamente –continuó ella–. Le he mirado la boca y le están saliendo dientes nuevos.

Raoul gruñó algo ininteligible y se acomodó en su sillón, con la mesa de por medio.

–Quiero hablar contigo de lo que ha pasado hoy.

Ella asintió.

–Lo siento mucho, Raoul. Ha sido culpa mía. Me descuidé un momento y la perdí de vista... Lo siento de verdad.

–Sentirlo no es suficiente, Alexis. No creo que seas la persona adecuada para cuidar de mi hija –replicó.

Alexis lo miró y dijo, con voz quebrada:

–¿No crees que estás exagerando?

–Estás aquí para cuidar de Ruby y no haces muy bien tu trabajo.

–Por Dios, Raoul... Cualquiera diría que la he dejado sola en mitad de la nada. Estaba en el parque, con varios adultos.

Alexis se levantó de repente y se apoyó en la mesa, ofreciéndole una visión tan arrebatadora de su escote que Raoul se quedó sin habla.

–Mira, admito que he cometido un error, pero te prometo que, a partir de ahora, tendré más cuidado. No me apartaré de ella ni un segundo. Seré su sombra.

Él sacudió la cabeza.

–No sé qué decir, Alexis.

–Ruby necesita una niñera. Y si no soy yo, ¿quién va a ser? Catherine no volverá hasta dentro de dos semanas, y no se encuentra en condiciones de cuidar a una niña pequeña, llena de energía –le recordó–. Además, ten en cuenta que, para entonces, es posible que Ruby ya haya empezado a caminar... ¿Y quién se va a encargar de ella, Raoul? ¿Quién se dedicará a vigilarla? ¿Tú?

Raoul se estremeció, pero esta vez no fue de deseo, sino de terror. No podía asumir la responsabilidad de cuidar de Ruby. Simplemente, no podía. Si una niñera experta como Alexis cometía errores, ¿qué le pasaría a él, que no tenía ninguna experiencia con niños?

–Supongo que la podrías llevar a una guardería –siguió ella–, pero tengo entendido que Bree quería que creciera en casa.

–Eso no es asunto tuyo, Alexis.

–Puede que no, pero... ¿qué vas a hacer? ¿Encerrarte aquí y seguir viviendo solo, expulsando a todo el mundo de tu vida? A Bree no le habría gustado.

–¡Basta ya! –exclamó él–. Estoy dispuesto a concederte otra oportunidad, Alexis; pero solo una más.

–¿Por qué reaccionas así? ¿Es que te disgusta la verdad?

–No sigas por ese camino –le advirtió–. Te estás metiendo donde no te llaman.

Alexis hizo caso omiso.

–Bree se llevaría un disgusto si te pudiera ver ahora. Te has encerrado tanto en ti mismo que te has convertido en un témpano, en un hombre sin sentimientos que ni siquiera es capaz de demostrar afecto a tu hija.

Raoul se levantó del sillón y la agarró de los brazos.

–¿Qué no soy capaz de demostrar afecto? ¿Que no tengo sentimientos? Te voy a demostrar lo equivocada que estás.

Sin pensarlo, sin valorar las consecuencias de lo que estaba a punto de hacer, Raoul bajó la cabeza y asaltó la boca de Alexis, que soltó un gemido. Fue un beso apasionado, sin el menor asomo de timidez, un beso tan embriagador que los dos perdieron el control unos minutos.

Ella le pasó los brazos alrededor del cuello y se apretó contra él, frotándose suavemente contra el bulto de su erección. Raoul le levantó la camiseta y le acarició la cintura antes de ascender hasta sus pechos, embutidos en un sostén de encaje. Luego, le acarició los pezones por encima de la tela. Habría dado cualquier cosa por llevárselos a la boca, por juguetear con ellos, por saborearlos. Quería descubrir hasta el último de sus secretos.

Fue la propia fuerza de su deseo lo que sacó a Raoul del trance. A regañadientes, sacó las manos de debajo de la camiseta, dio un paso atrás y la miró a los ojos, que ardían con la misma pasión que los suyos.

–¿Lo ves, Alexis? Contrariamente a lo que crees, soy capaz de sentir –dijo con voz ronca–. De hecho, siento demasiado.

Alexis se quedó en el despacho cuando Raoul desapareció.

Su mente estaba llena de preguntas. ¿Qué había pasado? Obviamente, sabía lo que había pasado, pero no entendía por qué. Habían empezado a discutir y, luego, sin más, se estaban besando como si la vida les fuera en ello.

No tenía sentido.

Sacudió la cabeza y se llevó una mano temblorosa a los labios, que aún sentían el eco de su ardorosa posesión. Su cuerpo estaba lleno de energía; una energía intensa que exigía satisfacción a toda costa. Había sido una experiencia desconcertante. Alexis siempre había sabido que se sentía atraída por él, pero no imaginaba que sus emociones fueran tan profundas.

Acababa de descubrir que su deseo no era simplemente de carácter físico. Anhelaba la clase de relación que Raoul y Bree habían tenido; el mismo tipo de amor que habían compartido sus propios padres durante los mejores y los peores años de su matrimonio. Un amor que ni siquiera se había roto cuando su madre empezó a sufrir los síntomas de la demencia senil.

Al principio, su padre había cuidado de ella en casa y, más tarde, cuando la tuvieron que ingresar, la siguió cuidando en el hospital. La quería tanto que no se apartó de ella hasta que falleció.

Alexis quería ese tipo de relación. Quería la misma devoción, la misma entrega. Pero no había conocido a nadie que estuviera a la altura de sus deseos. A nadie salvo a Raoul, el hombre más atractivo que había conocido nunca y, como le había demostrado durante su matrimonio con Bree, un hombre que amaba hasta el final, con todas sus fuerzas.

No era extraño que estuviera enamorada de él.

Pero, ¿sus sentimientos eran recíprocos? Aunque lo sucedido demostraba claramente que la deseaba, eso no quería decir que estuviera enamorado de ella. De hecho, ni siquiera sabía si era capaz de amar otra vez. Había pasado poco tiempo desde la muerte de Bree y Raoul distaba de haberse recuperado.

¿Qué debía hacer? ¿Presionarlo lenta y suavemente, para que se viera obligado a afrontar lo que sentían? ¿O esperar a ver lo que pasaba?

En cuanto a Bree, siempre formaría parte de sus vidas. Ruby era un testimonio permanente en ese sentido y, al mismo tiempo, un testimonio de que el amor verdadero no se podía destruir. Pero Alexis también sabía que Raoul podía volver a amar y que el amor crecía hasta en las circunstancias más adversas. Sus padres eran un buen ejemplo.

¿Qué podía hacer?

Por una parte, era consciente de que no tendría ninguna oportunidad si Raoul no derribaba los muros que había levantado a su alrededor; por otra, no estaba segura de tener derecho a pedirle que los derribara.

Alexis estaba viendo un programa educativo con Ruby cuando cayó en la cuenta de que ya llevaba un mes en casa de Raoul Benoit. Pero la niña se puso a reír en ese momento y la sacó de sus pensamientos.

–Vaya, parece que hoy está contenta...

Alexis se giró hacia el umbral del salón y miró a Raoul, que observaba a su hija con una sonrisa en los labios.

–¡Papá! ¡Papá! –exclamó la pequeña.

Alexis la miró con ternura. La niña había mostrado cada vez más interés por Raoul. La curiosidad inicial de Ruby se había transformado en un deseo evidente de llamar la atención de su padre. Pero ni él ni ella esperaban lo que estaba a punto de pasar.

De repente, se levantó del suelo y dio unos pasitos inseguros hacia él.

–Dios mío, está andando... –dijo Alexis–. ¡Está andando!

Raoul no apartó la vista de Ruby.

–¿Es normal que ande tan pronto?

–Bueno, solo tiene diez meses, pero lo ha estado intentando desde hace un par de semanas... –contestó.

La niña perdió el equilibrio y Raoul se acercó rápidamente y la tomó en brazos antes de que pudiera caer.

A Alexis se le hizo un nudo en la garganta. Por fin, el hombre de sus sueños se empezaba a comportar como un padre.

–Papá... –insistió la niña.

–Exacto –dijo Alexis–. Es tu padre, tu papá.

La niña le acarició la cara a Raoul, que miró a Alexis con el ceño fruncido.

–¿Por qué me miras así? –preguntó ella–. Eres su padre, ¿no? Es lógico que te reconozca como tal.

–No me reconoce como su padre. Me llama papá porque te oye decirlo y te imita.

Ella se encogió de hombros.

–Es posible, pero yo prefiero pensar que te reconoce. Además, ¿por qué te incomoda tanto? ¿Prefieres que te trate como si fueras un desconocido?

Él guardó silencio. La niña dio media vuelta y empezó a caminar hacia su niñera con la ayuda de Raoul, que se aseguró de que no volviera a tropezar. Cuando llegó a su destino, Alexis la abrazó y la cubrió de besos.

–¡Qué maravilla! ¡Ya has aprendido a andar… ! A partir de ahora, tendré que vigilarte con más atención.

Alexis alzó la cabeza y miró a Raoul, que las observaba con una expresión extraña. ¿Sería posible que se hubiera emocionado? ¿O quizás estaba triste porque no se sentía capaz de ser tan afectuoso con Ruby como ella?

No estaba segura, pero decidió aprovechar la oportunidad para mencionar un asunto en el que había estado pensando.

–Raoul…

–¿Sí?

–Catherine vuelve a casa este fin de semana y, como coincide con la fecha del cumpleaños de Bree, se me ha ocurrido que podríamos hacer algo para celebrarlo. No sé… podríamos invitar a unos cuantos amigos. Sería una forma de dar la bienvenida a tu suegra y de honrar la memoria de Bree.

–Sinceramente, no necesito fiestas para recordar a mi esposa. No me parece una buena idea –dijo él.

Ella respiró hondo.

–Ya imaginaba que te opondrías. Precisamente por eso, me he adelantado y la he organizado sin decirte nada. Todos se alegraron mucho cuando los llamé.

Raoul la miró con ira.

–No tenías derecho a hacer una cosa así.

–Mira, sé que te estás esforzando por volver a la normalidad…

–¿A la normalidad? –la interrumpió–. La normalidad terminó con la muerte de mi esposa. No sabes lo que significó para mí.

Ruby notó que el ambiente había cambiado y se empezó a poner nerviosa, así que Alexis la abrazó con más fuerza.

–No, no lo sé. Razón de más para que honremos su memoria todos juntos –alegó–. Catherine y tus amigos te necesitan. De hecho, creo que tú también los necesitas y que estarías de acuerdo conmigo si no te hubieras empeñado en condenarte a la soledad.

Raoul entrecerró los ojos y la miró en silencio unos momentos.

–Está bien –dijo–. Pero no esperes que aplauda tu decisión.

–Solo te pido que estés presente.

–A veces, pides demasiado.

Raoul salió de la habitación y la dejó con un profundo sentimiento de angustia. Se había salido con la suya, pero al precio de hacerle daño otra vez.

Entonces, la niña alzó la cabeza y miró a su alrededor.

–¿Papá?

Alexis sonrió a Ruby.

–Se ha ido, preciosa, pero volverá. Te aseguro que, al final, volverá.

***

Raoul miró a las personas que se habían reunido en su casa. Sabía que, si Bree hubiera seguido con vida, habría organizado una fiesta como esa para celebrar su cumpleaños. Estaban su madre, sus amigos, Alexis y varios primos de él. Pero, por algún motivo, se sentía completamente fuera de lugar. Sonreía, hablaba con ellos y les servía copas, pero casi en calidad de observador externo.

Además, las conversaciones de los invitados le ponían de mal humor. Demostraban que habían seguido adelante con sus vidas, ajenos a la desaparición física de Bree y, aunque fuera lo más natural del mundo, le molestaba terriblemente. Hacían que se sintiera más solo, más vacío, más abandonado.

Miró a Catherine para saber si se encontraba bien. Era una situación especialmente difícil para ella, pero parecía a la altura de las circunstancias. No tenía miedo de derramar una o dos lágrimas o de soltar una carcajada, según los casos, cuando alguien recordaba alguna anécdota de Bree.

Momentos después, Catherine se dio cuenta de que Raoul la estaba mirando y se apartó del grupo para hablar con él.

–A Bree le habría encantado esta fiesta, ¿verdad?

Raoul no dijo nada. Ella le puso una mano en el hombro.

–Alexis ha hecho un gran trabajo.

–Sí, bueno... Todo el mundo ha contribuido.

–Pero ha sido idea suya, Raoul. Y nos ha unido de nuevo –replicó su suegra–. Sé que siempre echaré de menos a Bree, pero hoy me siento un poco mejor, ¿sabes?

Raoul asintió porque era lo apropiado, aunque su estado emocional no se parecía nada al de Catherine. Él no se sentía mejor. No encontraba alivio alguno en la presencia de sus amigos. Necesitaba espacio, silencio, soledad.

Cuando Catherine volvió con los invitados, él aprovechó la circunstancia para salir de la casa. Ya se había hecho de noche, pero ni siquiera se dio cuenta. Tomó el camino que llevaba la bodega, pasó de largo y siguió colina abajo hasta que no pudo seguir más, porque habría supuesto lanzarse a las oscuras aguas del puerto.

Estuvo allí hasta que la luna llegó a lo más alto. Entonces, dio media vuelta y se dirigió a la casa. Había estado tanto tiempo fuera que se había quedado helado.

Al llegar a casa, se llevó una alegría. Los invitados ya se habían marchado; en el vado no quedaba ningún coche. Y, como no quería ver a nadie, entró por la puerta de atrás y se dirigió directamente a su habitación, deseando estar a solas.

–¿Raoul? ¿Eres tú?

Raoul se detuvo en seco al cruzarse con Alexis en el pasillo. Era la última persona con quien le apetecía hablar.

–¿Te encuentras bien?

Él soltó una carcajada.

–¿Que si me encuentro bien? No, Alexis, no estoy bien.

Raoul siguió andando, pero ella lo alcanzó y lo detuvo.

–Lo siento, Raoul. Creí que organizar una fiesta era una buena idea, pero puede que me haya equivocado.

–Sí, es posible –ironizó.

Raoul la miró con intensidad antes de añadir:

–Te dije que me pedías demasiado.

–Lo sé… Me he dado cuenta, aunque sea un poco tarde. Y lo siento de verdad –insistió–. Ha sido muy duro. Incluso para mí.

–Ya.

–Raoul, sé cómo te sientes y…

–¿Lo sabes? –preguntó con incredulidad–. ¿Crees que lo sabes? Pues no, Alexis. Dudo que alcances a imaginar cómo me siento.

–No eres el único que ha perdido a Bree –se defendió ella.

–¡Pero Bree era mi esposa! –bramó él con tanta rabia como tristeza–. Era mi esposa, Alexis. Todo mi mundo.

Raoul se alejó, entró en su dormitorio y cerró de un portazo, sin preguntarse si el ruido despertaría a Ruby, que ya estaba durmiendo.

Se quedó de pie en la oscura habitación, sin moverse y casi sin respirar, porque tenía miedo de que el monstruo que había crecido en su interior se liberara y lo dominara por completo. El monstruo que estaba enfadado con todo y con todos porque la muerte se había llevado a Bree. El monstruo que estaba enfadado con la propia Bree porque le había ocultado su enfermedad y se había quedado embarazada a sabiendas del riesgo que corría.

El monstruo que se odiaba a sí mismo porque, a pesar de lo mucho que había querido a Bree y lo mucho que la echaba de menos, seguía deseando a Alexis Fabrini, su mejor amiga. Y con más fuerza que nunca.

# *Capítulo Cinco*

Alexis se retiró a su habitación con intención de acostarse, aunque sabía que no iba a poder dormir. Habían sido demasiadas emociones para un solo día. La fiesta había salido bien y todo el mundo había entendido que Raoul prefiriera estar solo, pero ella se arrepentía de haberlo arrastrado a esa situación.

Ya se había metido en la cama cuando llamaron a la puerta.

–¿Raoul?

–Sí, soy yo.

–Adelante...

Raoul entró en la habitación y la miró de arriba a abajo. Alexis no llevaba más ropa que un camisón de seda.

–Lo siento, no sabía que ya estabas acostada.

Él dio media vuelta con intención de salir, pero ella se acercó y lo detuvo.

–No importa. ¿Querías algo?

Raoul la volvió a mirar. Estaba pálido y sus ojos parecían más oscuros. Alexis pensó que nunca le había parecido tan peligroso y tan atractivo a la vez. De hecho, se sintió tan insegura que dio un paso atrás.

–Siento haber sido tan brusco contigo.

–No te preocupes. Sé que ha sido muy difícil para ti.

Él no dijo nada. ¿Qué podía decir? Alexis había sido la mejor amiga de Bree, pero había cortado su relación con ella y no había estado a su lado durante sus últimos meses de vida. Sencillamente, no podía imaginar lo que Raoul había sufrido. Y, a decir verdad, se sentía culpable por ello. Culpable por haberla abandonado y culpable por envidiarla, por desear al hombre que se había casado con ella.

–No es necesario que te disculpes –continuó Alexis–. Cometí un error. Debería haber sido más consciente de tus necesidades.

Raoul se encogió de hombros.

–¿Mis necesidades? Ni yo mismo sé lo que necesito –le confesó–. A veces me siento como si no supiera nada.

Ella alzó un brazo y le acarició la mejilla.

–Has sufrido mucho, y sé que estás lejos de superarlo. Pero no te preocupes; no te volveré a presionar con compromisos sociales. Es evidente que necesitas más tiempo.

Raoul le puso una mano sobre los dedos, causándole una descarga de electricidad que le recorrió el cuerpo con una fuerza devastadora. No podía negar que lo deseaba. Los pezones se le endurecieron bajo la fina tela del camisón y, más abajo, entre las piernas, sintió el intenso anhelo de la necesidad.

–Te equivocas, Alexis –replicó él–. Si hay algo que me sobra, es tiempo. Tiempo para pensar, para dar vueltas y más vueltas a las cosas... Pero no quiero pensar más. Por una vez, solo quiero sentir.

–¿Sentir?

Él asintió.

–Sí, sentir algo más que el dolor que llevo dentro –contestó–. Quiero que el sentimiento de vacío desaparezca.

Raoul giró la cabeza de tal forma que sus labios quedaron contra la palma de Alexis. Si le hubiera puesto una plancha encendida en la piel, el efecto no habría sido más abrumador. Ella soltó un grito ahogado y apartó la mano. Él inclinó la cabeza y ella se estremeció de placer, sorprendida por las reacciones de su propio cuerpo.

Intentó encontrar palabras para describir lo que sentía, pero ya no podía pensar, ya no tenía pensamientos de ninguna clase. Solo había un calor que la quemaba, llamas de necesidad que le lamían la piel mientras se aferraba a Raoul, anclándose a su fuerza y derramando todos sus años de deseo prohibido, postergado, en su boca.

Cuando él rompió el contacto, ella se le quedó mirando en silencio.

–Ven conmigo, a mi habitación –dijo Raoul–. No podemos hacer el amor aquí.

Alexis asintió y dejó que la llevara por el pasillo, hacia su dormitorio. Segundos más tarde, la puerta se cerró a sus espaldas.

Ella se tumbó en la cama y Raoul se tumbó sobre ella. Al sentir el peso de su cuerpo, Alexis se arqueó y sintió la dureza de su erección. Se sentía como si toda su vida hubiera estado destinada a ese instante, y estaba más que dispuesta a saborear cada segundo.

Llevó las manos a la camisa de Raoul y se la desabrochó. Mientras él la besaba, excitando su piel con el roce de su mandíbula sin afeitar, ella le quitó la prenda y le acarició el estómago. Quería acariciar cada centímetro de su cuerpo, probar cada centímetro de su cuerpo y, a continuación, dejar que él la probara.

Le pasó un dedo por el cuello y, tras detenerse un momento en sus hombros, trazó las líneas de los músculos de su pecho. Raoul se estremeció, sobre todo cuando ella le frotó los pezones con los pulgares y se inclinó para besarlos.

Entonces, él se apoyó en un codo y la agarró por las muñecas, para impedir que continuara con sus caricias.

–Pero quiero tocarte... –protestó Alexis.

–Paciencia.

Raoul le levantó los brazos por encima de la cabeza. Le encantaba estar así, completamente a su merced, ofreciéndose con total confianza.

Él la besó en los labios y en el cuello, haciendo que se retorciera y arqueara de placer, que se mostrara suplicante, anhelante. Y, entonces, le soltó las manos, le quitó el camisón y cerró la boca sobre uno de sus pechos.

–Oh, Raoul...

Raoul tembló, intentando refrenarse, mientras le succionaba los pezones y le provocaba oleadas de sensaciones a cual más intensa en la entregada Alexis.

Tras unos segundos de caricias, se apartó de ella y admiró su cuerpo desnudo bajo la luz de la luna, que entraba por la ventana.

–Eres preciosa.

Alexis tuvo una extraña sensación de irrealidad, como si estuviera viendo una película antigua en blanco y negro cuyos protagonistas se encontraban por primera vez. Y, en cierto sentido, era verdad. Raoul y ella se estaban encontrando por primera vez. Habían sido simples conocidos antes de que ella rompiera el contacto con Bree y casi enemigos desde entonces. Aunque Alexis lo amara, no sabían nada el uno del otro.

Pero, al menos, sabía una cosa: que esta vez no se había alejado de ella; que, en lugar de marcar las distancias, la había llevado a su dormitorio y le estaba haciendo el amor.

Las cosas habían cambiado de repente.

En ese momento, Alexis decidió que le daría todo lo que necesitara, todo lo que quisiera. Aunque, a cambio, solo recibiera una parte de lo que ella deseaba.

Soltó un gemido mientras Raoul seguía con la exploración de su cuerpo, hasta llegar a su entrepierna. Cuando él le separó los muslos y empezó a lamer, ella estuvo a punto de saltar de la cama. Fue como si toda su energía se hubiera concentrado en un solo lugar. En cuestión de segundos, cayó por el precipicio del placer y llegó a un clímax tan exquisito e intenso que se le saltaron las lágrimas.

Antes de que pasaran los últimos coletazos del orgasmo, Raoul se quitó los pantalones y los calzoncillos y se volvió a colocar entre sus piernas. Luego, con un gemido gutural, la penetró. Ella sintió que sus músculos interiores se contraían sobre él, dándole la bienvenida a su interior, a su calor.

Casi no se había recuperado del primer orgasmo cuando notó que se acercaba al segundo. Raoul se siguió moviendo una y otra vez, intoxicándola con un placer renovado, hasta que soltó un grito y se deshizo en ella.

Satisfecha, Alexis cerró los brazos alrededor de su cuerpo y se apretó con fuerza, concentrada en el sonido de su respiración y en su estremecimiento.

Raoul casi no podía respirar y, desde luego, no podía pensar.

Se apartó de Alexis y se tumbó a su lado para aliviar el calor que sentía. Aún no podía creer lo que habían hecho.

Siempre había sabido que hacer el amor con Alexis sería una experiencia explosiva. Por eso había mantenido las distancias; precisamente por eso. Y se sintió culpable. Creía que, al dejarse llevar por el deseo, al dejar que lo arrastrara de esa forma, había traicionado la memoria de la única mujer a la que había prometido fidelidad.

Sus ojos se llenaron de lágrimas y la boca le supo amarga de repente.

En su opinión, él no merecía sentir placer. Ni merecía encontrar ese placer en los brazos de Alexis Fabrini.

Podía sentir su presencia. Podía oír su respiración, todavía acelerada. Notaba el calor de su cuerpo, que inconscientemente le ofrecía su afecto y su apoyo.

Cerró los ojos con fuerza y se maldijo en silencio.

Había cometido un error terrible. Se dijo que, si lo hubiera pensado antes, se habría encerrado en su dormitorio, a solas con la botella de brandy que había sacado del despacho para emborracharse y olvidar.

Justo entonces, ella lo tomó de la mano. Raoul sintió que el colchón se hundía un poco cuando ella cambió de posición para ponerse de lado y mirarlo a los ojos.

Pero él no la miró. No se atrevía.

Se puso tenso, esperando que dijera algo. Sin embargo, Alexis se limitó a acariciarle el pecho con movimientos circulares, que lo tranquilizaron al instante.

Raoul pensó que no se quería tranquilizar. Quería gritar, insultarse a sí mismo por haberla llevado a su habitación y haberle hecho el amor; por haberse rendido a las necesidades de su cuerpo y haberla tomado sin pensar, sin calcular las consecuencias.

Sin protección.

–Oh, no…

–¿Qué ocurre? –preguntó ella, preocupada.

Raoul la miró al fin.

–Hemos hecho el amor sin preservativo.

Alexis sonrió.

–No te preocupes. Estoy tomando la píldora.

Raoul la observó con detenimiento. ¿Estaría diciendo la verdad? En principio, no tenía motivos para mentir.

Un segundo después, ella se incorporó y se puso a horcajadas sobre él.

–No pasa nada, Raoul. Solo quiero hacer el amor otra vez.

–Esto no es amor, Alexis.

Ella suspiró y sacudió la cabeza.

–Déjate llevar. Deja que disfrute de ti –insistió–. Disfruta de mí.

Alexis se inclinó y lo besó en la boca. Le pasó la lengua por los labios y luego, se los mordió con suavidad.

Él intentó resistirse al deseo que empezó a crecer en él, pero no lo consiguió. Pudo sentir el calor de su entrepierna mientras ella permanecía inclinada sobre su cuerpo y, después, sin saber cómo, se sorprendió devolviéndole el beso con una pasión donde se unían toda la necesidad y toda la desesperación que había acumulado durante los meses anteriores.

Cuando ella rompió el contacto, él estuvo a punto de protestar. Pero las pequeñas manos de Alexis le acariciaron el pecho y el estómago y, por fin, se cerraron sobre su sexo, que empezó a masturbar con dulzura.

La sensación fue arrebatadora, aunque no tanto como la que llegó a continuación. Alexis bajó un poco y se introdujo el pene en la boca.

La húmeda caricia de sus labios y de su lengua le causó una reacción en cadena de placer que se llevó por delante hasta el más pequeño de sus pensamientos. Ya no quería saber nada. Ya no se quería preguntar sobre las supuestas consecuencias morales de lo que estaban haciendo. Solo había espacio para el deseo y su inevitable conclusión.

Tras lamerlo un rato, Alexis volvió a cambiar de postura. Se puso exactamente encima del miembro al que había estado dedicando su atención y descendió poco a poco, dándole otra vez la bienvenida.

Ella soltó un gemido y se empezó a mover. La tensión de Raoul fue creciendo hasta que llego un momento en que no podía soportarlo más. Entonces, cerró las manos sobre sus caderas y se empezó a mover con ella, aceptando un ritmo que los volvía locos de placer a los dos. Pero Alexis quería más, así que le apartó las manos de las caderas y se las llevó a los pechos, para que se los acariciara.

–Oh, sí... –suspiró.

Alexis jugueteó con sus pezones y pensó que era magnífica. El pelo le caía por los hombros como una cascada y su esbelto cuello se arqueaba hacia atrás con su larga y curvada espalda. Raoul supo que estaba a punto de llegar al orgasmo, pero mantuvo el control hasta que Alexis gritó de nuevo y se estremeció.

Tras alcanzar el clímax, se quedaron abrazados, juntos.

Esta vez, Raoul no experimentó la punzada del sentimiento de culpabilidad. Estaba demasiado cansado para pensar y demasiado satisfecho como para estropear la magia del momento con sus dudas.

Ya pensaría al día siguiente, cuando se levantara y se mirara al espejo.

Alexis notó que las sábanas estaban frías y supo que Raoul se había ido. Esperaba que se quedara con ella toda la noche, pero sabía que él tenía sus demonios personales y que, más tarde o más temprano, tendría que enfrentarse a ellos.

Abrió los ojos y buscó el camisón con la mirada, considerando la posibilidad de volver a su dormitorio.

Aún no había amanecido, aunque la oscuridad se estaba empezando a retirar. Y allí, junto a la ventana, estaba Raoul.

Alexis apartó el edredón y se acercó a él. Luego, le pasó los brazos alrededor de la cintura y se apoyó en su espalda sin decir nada.

Raoul no se movió.

–¿Te encuentras bien? –Alexis le dio un beso en el hombro.

Él se puso tenso.

–Sí... y no.

–Habla conmigo, Raoul. Estoy aquí.

Él sacudió la cabeza.

–Creo que...

–¿Sí?

–Creo que anoche hice mal. No debí arrastrarte a mi dormitorio.

–Pues yo me alegro de que lo hicieras. Nos necesitábamos. Teníamos que hacer algo con lo que sentíamos –dijo Alexis en voz baja–. No hay razón para que te sientas culpable.

Raoul suspiró.

–Yo... No puedo.

Alexis se apartó de él y dio un paso atrás.

–Lo comprendo, Raoul. No pasa nada.

Alexis tuvo que hacer un esfuerzo para no desmoronarse. La noche anterior había sido muy especial para ella, y esperaba que también lo hubiera sido para él. Pero, por lo visto, se había hecho esperanzas de forma precipitada.

Tendrían que tomárselo con calma, sin prisas. Si le concedía un poco de espacio, cabía la posibilidad de que se diera cuenta de que merecía ser feliz.

–Claro que pasa –replicó él–. No he hecho nada para ganarme tu comprensión. Te he utilizado, Alexis. ¿No crees que mereces algo mejor?

Ella respiró hondo.

–Los dos merecemos algo mejor. Pero yo también te he utilizado a ti. No estás solo en esto, Raoul; por muy aislado que te sientas, no estás solo. Estoy contigo.

Raoul la miró perplejo.

–¿Ni siquiera vas a permitir que me disculpe por lo que he hecho?

Ella sacudió la cabeza.

–No has hecho nada que necesite una disculpa. Nada en absoluto –insistió, alzando la voz un poco–. ¿Intenté apartarte de mí? ¿Te pedí que te marcharas? ¿Rechacé tus labios cuando me besaste? No, Raoul. Me entregué voluntariamente.

–Pero...

–Todos necesitamos ayuda de vez en cuando. Por desgracia, tú tienes miedo de pedirla... y, si la pides, te parece un síntoma de debilidad, algo de lo que te debes arrepentir.

–De todas formas, creo que debería haberme refrenado.

–Maldita sea, Raoul –Alexis lo miró con exasperación–. Anoche demostraste ser todo un hombre, una persona capaz de pedir lo que necesita. Y yo fui toda una mujer, una persona capaz de entregar lo que necesita. Si no hubiera querido estar contigo, no habría estado. Será mejor que lo asumas.

Alexis se alejó de él y alcanzó el camisón, que estaba en el suelo. Después, se lo puso y salió de la habitación para dirigirse a su dormitorio.

En cuanto llegó, se quitó el camisón y se metió en la ducha. Aún faltaba una hora para el amanecer y para el paseo matinal de Ruby. Podría haber descansado un poco, pero estaba demasiado tensa; así que abrió el grifo, dejó que el agua la empapara y cerró los ojos durante unos segundos.

Cuando los volvió a abrir, Raoul estaba con ella. El agua le caía por el pelo y por los hombros. Su mirada era intensa y sus labios, tentadores.

Raoul alcanzó el jabón y se frotó las manos con él antes de dar la vuelta a Alexis, que se encontró de cara a la pared. Luego, le empezó a dar un masaje en los hombros y bajó hasta el centro de su espalda, eliminando todas las tensiones que ella había acumulado la noche anterior.

Al sentir las manos de Raoul en las nalgas, ella se estremeció. Sus pechos se habían hinchado y ansiaban sus caricias; sus pezones ardían en deseo de sentir su boca. Apretó los muslos en un intento por aliviar la presión que se había acumulado en su cuerpo, pero solo sirvió para aumentar el deseo de que la tocara.

De repente, él se apretó contra ella. Alexis notó su pene contra las nalgas y se excitó un poco más. A continuación, Raoul le pasó los brazos alrededor del tronco y cerró las manos sobre sus pechos, que masajeó con dulzura.

Alexis se apoyó en la pared, echó las caderas hacia atrás y separó las piernas, ofreciéndose. Esperaba que Raoul la tomara de inmediato, pero Raoul no tenía prisa; llevó una mano a su entrepierna y le acarició el clítoris.

Tras unos momentos de caricias, Alexis notó

que las piernas le temblaban. Sabía que el orgasmo estaba creciendo en su interior, lentamente y, cuando por fin la penetró, fue como si hubiera llegado a lo más profundo de su ser. Nunca había sentido nada tan intenso, tan complejo, tan sublime.

Raoul se empezó a mover. Alexis sentía el vello de sus piernas contra los muslos y la dureza de su estómago contra las nalgas. Ya no podía refrenarse más. Tuvo un orgasmo que esta vez no llegó en oleadas, sino de golpe, completamente arrebatador. Y, en algún momento, mientras aquel torbellino la arrastraba, él también llegó al clímax.

Poco a poco, se fueron calmando. Raoul alcanzó de nuevo el jabón y la limpió con delicadeza. Alexis se lo agradeció mucho, porque no tenía fuerzas ni para moverse.

–Sigue tomando la píldora –dijo él.

Raoul salió de la ducha, alcanzó una toalla y se marchó.

Alexis se quedó tan sorprendida que, durante unos momentos, pensó que había soñado toda la escena. Pero los latidos todavía acelerados de su corazón y el profundo sentimiento de satisfacción que la dominaba le hicieron comprender que había sido real.

Pensó en lo que Raoul había dicho antes de marcharse y en lo que ella le había dicho de la píldora. Técnicamente, era cierto. La estaba tomando. Pero había sido algo laxa durante el mes anterior y era posible que se hubiera saltado alguna. Si iban a seguir así, sería mejor que se lo tomara con más seriedad.

Cerró la llave del agua y se secó con una toalla, preguntándose si lo que había surgido entre ellos era suficiente. ¿Se podía conformar con una relación sexual? ¿Podía disfrutar de sus encuentros sin establecer un lazo emocional con él?

En otra época, la respuesta habría sido negativa. No estaba buscando una relación sexual, sino una relación amorosa. Pero Raoul no estaba en condiciones de ofrecerle lo que ella quería. Solo le podía dar eso.

Decidió concederse una oportunidad y ver lo que pasaba. En el mejor de los casos, el hielo de su corazón se empezaría a derretir; en el peor, se habrían divertido un poco.

Al volver al dormitorio, alcanzó el bolso y sacó la caja de las píldoras. Tal como temía, se había saltado un par. Y como no se quería arriesgar a sufrir más olvidos, se puso una alarma en el teléfono móvil.

Para estar más segura, se dijo que pasaría por la farmacia de la localidad y preguntaría por la píldora del día después. No creía que hubiera pasado nada, pero todas las precauciones eran pocas.

Justo entonces, oyó que Ruby se había despertado. Se vistió a toda prisa y entró en el cuarto de la pequeña para empezar otro día de trabajo. Pero, mientras la sacaba de la cuna, se dio cuenta de que aquello había dejado de ser un trabajo y se había convertido en otra cosa. Ruby y Raoul le habían dado algo que había echado de menos durante mucho tiempo: la sensación de ser útil, de que alguien la necesitara.

Sonrió y pensó que tenía que luchar por lo que quería. Estaba segura de que aquello podía funcionar, de que podían ser una familia. Con un poco de suerte, Raoul Benoit comprendería que él también la necesitaba.

Además, solo tenía dos opciones: seguir adelante y arriesgarse o rendirse sin luchar y alejarse de él, como había hecho cuando se casó con Bree.

Alexis eligió la primera. Pero sabía que le esperaba un camino difícil.

# *Capítulo Seis*

Había pasado una semana y Raoul no se la podía quitar de la cabeza. ¿Qué lo había empujado a hacerle el amor? ¿Qué lo había empujado a entrar en la ducha con ella, repetir la experiencia de la noche anterior y pedirle que siguiera tomando la píldora?

Durante los siete días transcurridos, se había repetido una y mil veces que él no tenía derecho a pedirle nada. Pero eso no había impedido que la deseara con más fuerza que nunca ni que recordara cada detalle de aquella noche.

Desde el jardín, podía ver que Alexis se había quedado dormida en el sofá. Tenía un aspecto absolutamente apacible, como si fuera el ser más inocente del mundo. Raoul la admiró y pensó que se estaba convirtiendo en una parte fundamental de su vida; una presencia que agradecía de día y que añoraba de noche, cuando se acostaba solo en la cama y revivía sus dos encuentros amorosos.

Alexis no le había hecho la menor recriminación. A decir verdad, ni siquiera había contestado mal a sus múltiples salidas de tono, fruto de la frustración que sentía. Se había limitado a concederle más espacio y marcar las distancias.

Un momento después, Alexis abrió los ojos. Luego, sin darse cuenta de que él la estaba observando desde el jardín, se levantó del sofá y se estiró. Al hacerlo, la camiseta se le subió un poco y él pudo ver la suave piel de su estómago, que le excitó tanto como siempre. Había sido una semana muy difícil. Habría dado cualquier cosa por tomarla allí mismo. Pero seguía convencido de que Alexis merecía algo mejor que un hombre como él.

Merecía un hombre capaz de amar.

Se alejó hacia la bodega. Necesitaba hacer algo para gastar la energía que estaba acumulando. Pero tenía la sospecha de que etiquetar botellas no era precisamente lo que necesitaba.

Varias horas después, se sentía profundamente satisfecho. Había estado etiquetando botellas todo el día y no tenía ninguna duda de que su pinot noir era el mejor vino que había salido jamás de su bodega. Solo había alrededor de cuatrocientas cajas, pero bastarían para dar un impulso a la marca, Vinos Benoit. Y si la cosecha del año siguiente era tan buena como la de ese año, su reputación subiría como la espuma.

Al oír la puerta, se sobresaltó. Era Alexis, que cruzó la bodega y entró en su pequeño despacho con el sol de última hora de la tarde a la espalda.

–¿Dónde está Ruby? –preguntó él.

–Con Jason, en casa de Matt y Laura –respondió ella–. Pasaré a recogerla dentro de una hora.

–¿Dentro de una hora?

Raoul arqueó una ceja. No estaba pensando en su hija, sino en las cosas que podía hacer con Alexis en sesenta minutos.

–Sí, Jason y ella se llevan muy bien. Además, me ha parecido que es bueno que salga de vez en cuando de casa. La semana que viene, le devolveré el favor a Laura. Espero que no te importe... Quizá te lo debería haber preguntado.

Raoul se maldijo en silencio. Se había portado tan mal con ella que ahora se sentía obligada a disculparse constantemente.

–No te preocupes, Alexis. Si a ti te parece bien, está bien –sentenció–. Pero, ¿qué haces aquí? ¿Necesitas algo?

–Quería saber si esta noche vas a cenar con nosotras. Si no te apetece, dejaré tu comida en el horno.

–Déjala en el horno.

Ella suspiró.

–¿Qué ocurre? –preguntó Raoul.

Ella se encogió de hombros.

–Nada.

–Acabas de suspirar. Es obvio que te pasa algo.

–Bueno, si te empeñas... Sinceramente, me estoy cansando de que nos evites a Ruby y a mí. ¿Es porque nos acostamos? ¿O por otra cosa?

Esta vez fue él quien suspiró.

–Es porque no quiero que te hagas ilusiones.

–¿Porque no quieres que me haga ilusiones? –repitió ella–. Ah, comprendo... Crees que me voy a volver loca por ti, ¿verdad?

Raoul no dijo nada.

–Pues no te preocupes por mí. Conozco el terreno que piso –continuó ella–. Sin embargo, tu comportamiento de esta semana me parece inadmisible. Te guste o no, Ruby es tu hija. Puedo entender que marques las distancias conmigo, pero no con ella. ¿Cuándo vas a asumir tus responsabilidades?

–Por Dios, Alexis… ¿Es que le falta algo? Tiene cama, comida, ropa y un techo bajo el que dormir. ¿Qué más necesita?

–Tu amor.

Raoul se levantó y se pasó una mano por el pelo.

–No me necesita a mí. Ya os tiene a Catherine y a ti.

–Eso no es suficiente –alegó.

–Pues tendrá que serlo. Yo no le puedo ofrecer nada.

–No digas tonterías.

Él frunció el ceño.

–¿Tonterías? ¿Qué pasa, que ahora me conoces mejor que yo mismo? –ironizó.

–Simplemente, te conozco lo necesario como para saber que no eres el hombre frío y distante que finges ser. Raoul Benoit no es así.

–¿Y cómo es?

Ella dio un paso adelante y se detuvo tan cerca que Raoul podía sentir el calor de su cuerpo; tan cerca que estuvo a punto de dejarse llevar y tomarla entre sus brazos.

Entonces, ella le clavó un dedo en el pecho.

–Es el hombre que está aquí dentro, el que tú no dejas salir –afirmó–. No sé por qué te empeñas en aislarte del mundo, pero es hora de que te liberes de tu pesar. ¿No crees que ya has sufrido bastante? ¿No crees que mereces vivir un poco?

Alexis se apartó.

–Lo dices como si me estuviera imponiendo algún tipo de penitencia.

–¿Y cómo lo llamarías tú? Te estás castigando por algo que no es culpa tuya y que no puedes cambiar. Tú no mataste a Bree. No eres responsable de lo que pasó.

Raoul le dio la espalda. No quería que viera su cara de angustia.

–¿Raoul?

Alexis le puso una mano en el hombro.

–Estás muy equivocada, ¿sabes? Soy responsable de lo que pasó. Bree murió por culpa de mis expectativas.

–Eso no es verdad...

–Si no hubiera estado tan obsesionado con tener una familia, con llenar la casa de niños, Bree no habría perdido la vida.

–No digas esas cosas, Raoul. No sabes lo que habría pasado en otras circunstancias... Además, también era su sueño. En la carta que me escribió, decía que estaba dispuesta a hacer cualquier cosa y a correr cualquier riesgo por ser madre.

–¡Pero murió, Alexis! –la interrumpió él, desesperado–. ¡Y es culpa mía!

Alexis lo miró con desconcierto. Era verdad. Se sentía culpable de la muerte de su esposa.

–Pasó lo que pasó, Raoul. Ni tú ni ella lo podíais saber. Ni los propios médicos habrían pensado que…

–Tú no lo entiendes, Alexis. Yo no sabía nada de su enfermedad. Lo mantuvo en secreto. No me habló de los riesgos que corría si se quedaba embarazada… Si yo lo hubiera sabido, me habría asegurado de que no diera ese paso.

–Estoy segura de ello, pero la decisión también era suya –le recordó–. Y tu esposa quería tener hijos.

–Y yo la quería a ella.

La voz de Raoul sonó tan triste que, durante unos segundos, Alexis se quedó callada. Pero se acordó de la niña y dijo:

–En cualquier caso, no puedes culpar a Ruby. Ella no tiene la culpa. No lo merece.

–Yo no la culpo.

–¿Y esperas que te crea? No eres capaz de estar con ella más de cinco minutos, y nunca si estáis solos –le recriminó.

Raoul sacudió la cabeza.

–No es lo que piensas. No la culpo. Es que no me puedo arriesgar a quererla.

Alexis se quedó anonadada.

–¿Cómo puedes decir eso?

–Lo digo porque es verdad. No la puedo amar, no la quiero amar. ¿Qué pasaría si la pierdo como perdí a Bree?

–¿Y qué pasará si vive cien años? –replicó con rapidez.

–Ruby nació antes de tiempo y estuvo muy enferma durante el primer mes de vida...

–¿Y qué? Lo ha superado. Es una luchadora; una niña fuerte y saludable que necesita un padre, no un cobarde capaz de pagar a otra persona para que se haga cargo de sus obligaciones.

Raoul la miró con ira.

–¿Me estás llamando cobarde?

Alexis tuvo que hacer un esfuerzo para no apartar la mirada. Había ido demasiado lejos, pero ya no tenía remedio.

–Me temo que sí.

–Alexis...

–Ni siquiera puedes hablar conmigo de lo que pasó la semana pasada, de lo que ocurrió entre nosotros –siguió ella–. Te has dedicado a esconderte y a evitarme durante días. ¿Por qué, Raoul? ¿No puedes admitir que te gustó? ¿No puedes admitir que hasta tú mereces un poco de felicidad?

–¡No, no la merezco! –gritó–. ¡Es una traición!

–¿A Bree? Por duro y cruel que sea, Bree está muerta y tú estás vivo, aunque te comportes como si no lo estuvieras –declaró–. Además, Bree no habría querido que te encerraras en vida y te alejaras de todas las personas que te quieren; sobre todo, de una hija que te necesita desesperadamente.

–¿Qué estás diciendo? ¿Que me acueste contigo cada vez que me apetece? ¿Que finja que estoy vivo?

–Si es necesario…

Él se acercó y la agarró por los brazos. Vibraba de energía. Alexis pensó que estaba con el verdadero Raoul Benoit; un hombre tan apasionado como incapaz de hacerle daño en ningún sentido.

–Y si digo que te quiero ahora, aquí mismo, ¿qué contestarías?

Alexis lo miró a los ojos.

–Que solo tenemos cuarenta minutos. Si te parece suficiente…

–Lo será. Por ahora.

Raoul la besó. Alexis le metió las manos por debajo del jersey y le acarició el estómago. Los siete días transcurridos desde su noche de amor solo habían servido para que se desearan con más fuerza que antes.

Al cabo de unos segundos, él le desabrochó el botón de los vaqueros, le bajó la cremallera e introdujo una mano entre sus braguitas. Ella intentó separar las piernas, pero el pantalón se lo impedía y le molestó tanto que se lo quitó a toda prisa, junto con los zapatos y las propias braguitas. Luego, lo desnudó con la misma desesperación y cerró los dedos sobre la larga y dura superficie de su sexo.

En respuesta, Raoul le introdujo un dedo y dijo:

–Estás tan húmeda…

Mientras la acariciaba con una mano, le levantó la sudadera y el sostén de algodón. Al verse así, ella deseó haberse puesto algo más bonito, más excitante; pero dejó de pensar cuando él encontró el cierre del sostén, se lo quitó de encima y le empezó a succionar un pezón.

Alexis gritó, encantada. Raoul le lamió el otro pezón sin dejar de masturbarla. Pero ella quería más, mucho más, de modo que se sentó en la mesa y separó los muslos para que la penetrara.

Raoul no se hizo de rogar. Entró en ella e impuso un ritmo que los dejó sin aliento. Alexis estaba tan cerca del orgasmo que lo alcanzó en un instante, asombrada de su intensidad. Raoul la llevaba a cumbres que no había conocido con ningún otro hombre.

En su estado apenas consciente, completamente dominada por el placer que sentía, casi no notó la última acometida de su amante, que soltó un gemido de satisfacción y, por fin, se quedó inmóvil.

Minutos después, Raoul se apartó de ella y dijo:

–Quédate aquí.

Ella sonrió.

–Creo que no me podría mover aunque quisiera...

Raoul soltó una carcajada y se visitó con rapidez. Luego, salió del pequeño despacho de la bodega y volvió enseguida con un paño húmedo, que usó para limpiar a Alexis.

–No es necesario que hagas eso –dijo ella–. Puedo hacerlo yo.

Raoul volvió a sonreír.

–De todas formas, ya he terminado...

Él volvió a salir de la habitación. Alexis bajó de la mesa y alcanzó las braguitas. Se sentía tan débil que tuvo la impresión de que las piernas no la sostendrían, pero hizo un esfuerzo y se empezó a vestir.

Ya había terminado cuando Raoul regresó y la miró con intensidad.

Alexis respiró hondo y se preguntó qué iba a pasar ahora.

–Tenemos que hablar –dijo él.

–¿Es que no estábamos hablando antes? –replicó ella con humor.

Él sacudió la cabeza.

–Me refería a hablar de nosotros.

–¿De nosotros? ¿No quieres que volvamos a...?

Alexis no fue capaz de terminar la frase. Tenía miedo de que Raoul quisiera poner fin a lo que compartían.

–Por supuesto que quiero. Pero también quiero dejar claro que solo te puedo dar una relación puramente sexual, Alexis. Es lo único que te puedo ofrecer. Te has empeñado en que vuelva a vivir y estoy dispuesto a concederte ese deseo... Sin embargo, tendrá que ser con mis condiciones. Seremos amantes, nada más –dijo–. Si te parece suficiente, claro.

Él la miró con detenimiento, esperando su respuesta. Esperaba que su expresión la traicionara y le diera alguna pista sobre sus sentimientos; pero ella se limitó a asentir y a devolverle la mirada con gesto impasible.

–¿Estás segura, Alexis? Porque, si no lo estás, es mejor que no sigamos adelante. No quiero que te hagas ilusiones y empieces a pensar en el amor y en un futuro juntos. No volveré a transitar ese camino. No me siento capaz.

Ella se mordió el labio inferior, con una expresión de tristeza tan reveladora que a Raoul se le hizo un nudo en la garganta. Alexis necesitaba más. Por supuesto que necesitaba más. Estaba en su forma de ser; quería amar y ser amada a cambio.

Desgraciadamente, él no buscaba el amor. Ni podía aceptar el suyo ni estaba dispuesto a devolvérselo.

–Necesito tiempo para pensarlo, Raoul.

–Si necesitas tiempo para pensarlo, es que tienes dudas. Y, si tienes dudas, quizás sea mejor que lo olvidemos todo.

A Alexis le cambió la expresión. Sus ojos pasaron de la tristeza a una intensidad repentina y, después, para sorpresa de Raoul, asintió.

–Muy bien. Acepto.

–¿Aceptas?

Raoul no lo podía creer. Le estaba dando la respuesta que deseaba escuchar.

–Sí... –contestó tras un momento de inseguridad–. Seré tu amante.

–¿Sin vínculos emocionales?

Ella asintió otra vez.

–Sin vínculos emocionales.

–Y seguirás tomando la píldora. No quiero que

cometamos ningún error. Lamento no haber usado preservativo el otro día.

Raoul se dijo que sería mejor que lo usara a partir de entonces. Toda precaución era poca.

–Sigo tomando la píldora, Raoul. No tengo intención de dejarla.

–Excelente.

–¿Hay más cosas que debamos tratar?

–Solo una más.

–¿Cuál?

–¿Qué vamos a hacer con las habitaciones? Yo no puedo dormir en la tuya.

Ella se encogió de hombros.

–Entonces, me quedaré en tu dormitorio. Si me quieres en él toda la noche.

–Desde luego que sí.

Alexis respiró hondo.

–¿Eso es todo?

–Sí.

–Entonces, iré a buscar a Ruby.

Raoul se acercó a la ventana y miró a Alexis, que se alejó por la colina. Se sentía como si hubiera cambiado algo entre ellos y no fuera precisamente para mejor. Ni siquiera estaba seguro de haber tomado la decisión correcta.

Cuando volvió al trabajo, prefirió no pensar en lo mucho que había deseado abrazarla y hacerle el amor, una y otra vez. Prefirió pensar que ya tendrían tiempo por la noche, en la oscuridad de su habitación.

# *Capítulo Siete*

Sin vínculos emocionales.

Al pensar en la conversación, Alexis se dijo que no podía haber mentido más. Tenía un vínculo emocional con Raoul Benoit desde el momento en que lo vio por primera vez; concretamente, desde el día en que Bree se lo presentó y le anunció que se iba a casar con él. Había sido amor a primera vista o, por lo menos, un deseo arrebatador que, lejos de apagarse con los años, aumentaba.

Pero Alexis era consciente de que, si Raoul llegaba a sospechar la verdad, se libraría de ella al instante. Así que respetó su acuerdo y empezó a dormir con él todas las noches, cada vez más enamorada.

Miró a Ruby, que estaba jugando en ese momento con el agua de la bañera, y sonrió. La noche anterior, cuando Raoul se quedó dormido, cometió el desliz de inclinarse sobre él y susurrarle que lo quería. Raoul no la podía oír, pero necesitaba decirlo en voz alta, para sentirse mejor.

Por supuesto que tenían vínculos emocionales. Los tenían porque ella estaba enamorada de él; y por la propia Ruby, que los había unido un poco más.

Al cabo de unos minutos, sacó a la niña de la bañera y la secó con algunas dificultades. A medida que crecía, Ruby se iba volviendo más rebelde y las tareas sencillas, como secarla o vestirla se volvían más difíciles. Además, ahora caminaba mejor y, como no tenía una percepción exacta de los peligros, sufría pequeños accidentes.

La semana anterior se había tropezado con una mesita y se había hecho un rasguño en la cabeza. Al saberlo, Raoul retiró inmediatamente la mesita y compró una nueva, de bordes redondeados, para que Ruby no se la volviera a clavar. Alexis se llevó una sorpresa de lo más agradable. Por mucho que Raoul insistiera en mantener las distancias con su hija, era evidente que la quería con todo su corazón.

En cuanto terminó de secar a Ruby, la niña se le escapó.

–¡Oh, no, jovencita! ¡Tú no vas a ningún sitio!

Alexis se levantó de golpe para alcanzarla y, entonces, sintió un mareo tan intenso que estuvo a punto de caerse.

Por suerte, el mareo se le pasó enseguida.

–¡Ruby!

Al salir al pasillo, vio que Raoul se le había adelantado y había capturado a la pequeña, a quien llevaba en brazos.

–Es toda una escapista, ¿eh?

Raoul se acercó a ella y le dio a la niña.

–Eso me temo –contestó Alexis, sonriendo–. Tendré que vigilarla con más atención.

Él la miró con intensidad y dijo:

–¿Te encuentras bien?

–Sí, no es nada... Es que me he levantado demasiado deprisa y me he mareado –contestó con despreocupación.

–Estás un poco pálida. ¿Seguro que te encuentras bien?

Ella asintió.

–Estoy perfectamente. En serio.

Alexis dijo la verdad. Se sentía mejor que antes. Pero, en el fondo de su mente, se encendió una alarma a la que no quería prestar atención.

Aquella noche, cuando Alexis ya había acostado a Ruby y recogido los juguetes que dejaba tirados por toda la casa, Raoul se presentó en el salón. Para ella fue toda una sorpresa, porque siempre se quedaba en el despacho, manteniendo las distancias, hasta que llegaba la hora de acostarse. Entonces, la iba a buscar, la tomaba de la mano y la llevaba a su dormitorio, donde hacían el amor.

Pero todavía era pronto para acostarse. Era pronto incluso para ella.

–He estado pensando. Creo que es mejor que esta noche duermas en tu habitación –declaró Raoul.

–¿Por qué?

Alexis se estremeció. ¿Se habría cansado de ella?

–Porque necesitas descansar y dormir un poco. No se puede decir que hayas descansado mucho las dos últimas semanas...

Ella se sintió decepcionada.

–¿Lo dices por nuestras noches?

–Por supuesto.

–No recuerdo haberme quejado, Raoul...

Él sonrió.

–No, ya sé que no te has quejado, pero me preocupa tu salud. Acuéstate y duerme bien esta noche. Si mañana te encuentras mejor, volveremos a la normalidad.

Raoul se inclinó y le dio un beso. Al principio, fue un beso dulce y sin exigencias de ninguna clase, pero, al cabo de unos segundos, ya se había convertido en uno ferozmente apasionado. Alexis se excitó tanto como de costumbre y le pasó los brazos alrededor del cuello, deseando que el encuentro terminara en la cama.

Estaba tan perdida en la niebla del deseo que tardó unos momentos en darse cuenta de que la había agarrado por los brazos, en un intento por apartarla.

–Estoy bien, Raoul. Te lo prometo.

–Yo no estoy tan seguro de eso –replicó–. Además, solo será una noche... Venga, acuéstate de una vez.

–¿No podrías dormir conmigo? Te prometo que no...

Él retrocedió.

–No hagas promesas que ninguno de los dos podemos cumplir –le rogó–. Nos gustamos demasiado, Alexis.

–Sí, supongo que eso es verdad...

–Además, tú y yo nos acostamos para hacer el amor; no para limitarnos a dormir como si fuéramos una pareja. Acordamos que nuestra relación sería simplemente sexual, sin vínculos emocionales.

Ella tuvo que hacer un esfuerzo para sonreír.

–Por supuesto.

Alexis tardó un buen rato en conciliar el sueño. Se quedó mirando el techo de la habitación, sumida en sus dudas. Pero, a la mañana siguiente, se sentía completamente recuperada. Por mucho que le molestara reconocerlo, Alexis había tomado la decisión correcta. Al parecer, necesitaba descansar un poco.

Sin embargo, su alegría desapareció al cabo de unos minutos. Le estaba cambiando los pañales a Ruby cuando sintió náuseas.

–Oh, Dios mío...

Alexis restó importancia al suceso porque se dijo que las náuseas se debían a los pañales de la niña, que no estaban precisamente limpios.

–Tendré que cambiarte de dieta, preciosa.

La segunda oleada de náuseas llegó cuando estaba preparando el desayuno a la pequeña. Y ya no lo pudo desestimar. Reconocía los síntomas y sabía lo que significaban. No estaba protegida cuando hizo el amor con Raoul la primera vez. Y aunque tuvo intención de pasar por la farmacia para tomarse la píldora del día siguiente, se le olvidó...

–Maldita sea…

Raoul no quería tener más hijos. Raoul ni siquiera quería una relación seria. Le había dejado bien claro que debían tomar precauciones para no cometer errores, pero ella había cometido un error verdaderamente grave.

En cualquier caso, no podía tomar ninguna decisión sin asegurarse antes. Por suerte, Laura se había prestado a quedarse aquella mañana con Ruby, para que ella pudiera descansar e ir de tiendas por Akaroa.

Era una ocasión perfecta. En lugar de ver boutiques y tomarse un café en su bar preferido, pasaría por la farmacia y compraría una prueba de embarazo.

Alexis se quedó mirando el indicador del test. Acababa de descubrir que iba a ser madre, pero la situación no se parecía nada a la que había imaginado siempre: estaba encerrada en un cuarto de baño y, en lugar de sentirse feliz, se sentía profundamente inquieta.

Se había quedado embarazada de Raoul Benoit.

Guardó el test en el envoltorio, lo tiró a la basura y salió del cuarto de baño después de lavarse las manos rápidamente. Sabía que Raoul no se llevaría una alegría si se llegaba a enterar de lo que había pasado.

Cruzó la calle y se sentó en el banco de un parque desde el que se veía el puerto. La gente iba y venía, ajena a su penosa situación. Hacía frío, pero ella no sentía nada. Por no sentir, ni siquiera sentía la brisa que arrancaba espuma a las olas.

¿Qué iba a hacer?

Podía imaginar la reacción de Raoul. En su vida no había espacio para otro niño. De hecho, casi no tenía espacio para la propia Ruby.

Pero Alexis sabía que era capaz de amar. Lo sabía porque lo había visto con sus propios ojos. Había amado una vez y volvería a amar de nuevo. Solo tenía que convencerlo para que abriera su corazón y se arriesgara.

A fin de cuentas, su estado no era más que una consecuencia lógica de la muerte de Bree. Un suceso de esas características dejaba una huella profunda. Su propia familia era un ejemplo en tal sentido.

Antes de casarse con su padre, su madre había estado casada con otro hombre, con el que tuvo hijos. Sin embargo, los hijos se quedaron con él y, cuando ella ya se casó por segunda vez, se presentó la hija que había tenido de su primer matrimonio, Tamsyn. El padre de Alexis no reaccionó bien; su esposa estaba en el hospital y tuvo miedo de que la aparición de Tamsyn empeorara su estado, así que hizo lo posible para que no la viera.

Ellen Fabrini falleció poco después, sin que Tamsyn la hubiera podido ver. Entonces, Alexis comprendió que nada importaba tanto como la familia. Nada en absoluto.

Por eso estaba tan decidida a romper las barreras con Raoul, a forzarlo a amar otra vez, a hacerle comprender que su hija era lo más precioso del mundo, un tributo maravilloso a un matrimonio y un amor que se habían roto por culpa de la muerte.

Los ojos de Alexis se llenaron de lágrimas, pero luchó contra ellas con todas sus fuerzas. Lo último que necesitaba en ese momento era una crisis emocional. Tenía que mantener la compostura. No se podía arriesgar a que Raoul adivinara lo que había pasado. No antes de hablar con él.

Justo entonces le sonó el teléfono. Sabía que era Laura. Le había pedido que la llamara cuando llegara la hora de pasar a recoger a Ruby.

Aún no sabía qué hacer. Obviamente, tendría que ir al médico para asegurarse de estaba embarazada, pero no sabía si se lo debía decir a Raoul. Ni siquiera habría sabido por dónde empezar. Estaba atrapada.

Sacudió la cabeza y se dijo que las pruebas de embarazo no eran seguras al cien por cien. Pediría cita con el médico y se aseguraría antes de tomar una decisión. Hasta entonces, se comportaría como si no pasara nada.

# *Capítulo Ocho*

Raoul no podía apartar la vista de Alexis, que estaba jugando con Ruby. El tiempo había empeorado y hacía bastante frío, así que Alexis había encendido un fuego en la chimenea del salón.

Mientras la miraba, se preguntaba si encender un fuego era adecuado, teniendo en cuenta que la niña estaba cerca y se podía quemar. Pero Alexis la vigilaba atentamente, no le quitaba la vista de encima.

–¡Papá!

Ruby lo vio y salió corriendo hacia él. A Raoul le pareció increíble que una criatura de once meses pudiera ser tan rápida. El pelo le había crecido y Alexis se lo había recogido con un lacito que le quedaba precioso.

–¡Papá...!

Dos bracitos minúsculos se aferraron a sus piernas.

–Te está pidiendo que la tomes en brazos –le informó Alexis.

Él sonrió.

–¿Me lo está pidiendo? ¿O me lo está ordenando?

Ella le devolvió la sonrisa.

–Probablemente, ordenando.

–Pues tendrá que ser en otro momento. Tengo trabajo que hacer.

–Oh, por Dios… Concédele ese deseo. Seguro que no se te cae.

Raoul dudó.

–Vamos, Raoul. Tu hija no es de cristal. Ha crecido mucho y está perfectamente sana –insistió ella con vehemencia.

–¿Y a ti qué te pasa? ¿Te has levantado con mal pie?

Raoul se inclinó y tomó a la niña entre sus brazos. Ruby apoyó la cabeza en su pecho, encantada.

–Sabes perfectamente de qué pie me he levantado –respondió con humor–. Más que nada, porque estaba contigo.

–Ruby ha cerrado los ojos… Parece que quiere dormir.

–No, solo está contenta de estar contigo. ¿Por qué no le lees algo?

–¿Leer?

–Sí, ya sabes, un libro. Uno de esos objetos de papel que están llenos de palabras y, a veces, de ilustraciones –dijo con ironía–. Entre tanto, yo iré a sacar la ropa de la lavadora.

Alexis se marchó antes de que él pudiera protestar y, como no podía dejar a solas a Ruby, no tuvo más remedio que quedarse con ella.

Se acercó al sofá, se sentó, tomó uno de los libros que Alexis había dejado junto a la mesita y abrió el ejemplar. Fue bastante más fácil de lo que había imaginado. Eran cuentos cortos, con más dibujos que palabras.

Le leyó el primero y, como pensó que Ruby ya estaría satisfecha, cerró el libro. Pero su hija tenía otras intenciones y lo volvió a abrir, de modo que Raoul tuvo que leerle un segundo cuento y, después, un tercero.

Ya estaba en el cuarto cuando Alexis volvió al salón con una cesta de ropa limpia. Para entonces, Ruby empezaba a cabecear.

–Ahora sí se está quedando dormida –dijo ella.

–Creo que se está durmiendo de puro aburrimiento.

–En absoluto. Se duerme porque se siente segura contigo –alegó Alexis–. Al fin y al cabo, eres su padre.

Raoul se sintió enormemente orgulloso, pero rechazó la idea.

–Tonterías. Se duerme porque ya se ha acostumbrado a mi casa. Pero eso cambiará cuando vuelva con Catherine y tú te marches.

Alexis lo miró con desconcierto.

–¿Aún quieres que vuelva con Catherine?

–Por supuesto. Anda, llévatela y acuéstala.

–Sí, señor.

Alexis sonó tan seca que él frunció el ceño.

–Alexis, el hecho de que le lea cuentos no significa que nos hayamos convertido en una familia perfecta. No estoy dispuesto a jugar a eso.

–No, claro que no. Ni siquiera estás dispuesto a asumir lo que sientes.

Alexis alcanzó a la niña y desapareció.

Raoul se quedó pensando en su comentario. Él no le había pedido que lo dejara a solas con la niña ni, desde luego, le había pedido su opinión sobre el futuro de Ruby. Desde ese punto de vista, las palabras de Alexis no debían molestarle; simplemente, lo que pasara con su hija no era asunto suyo. Pero le habían molestado.

Además, si estaba tan convencido de que no quería cuidar de la niña, ¿por qué se sentía ridículamente orgulloso cada vez que se sentaba con él? ¿Por qué se sentía vacío cada vez que se alejaba?

Habían pasado diez semanas desde la operación de Catherine, diez semanas desde que Alexis se presentó en la casa para cuidar de Ruby. Catherine ya caminaba bien y, gracias a las sesiones de fisioterapia, se encontraba tan fuerte que le preguntó si podía ir de visita y quedarse un par de horas con la niña. Alexis se lo concedió sin dudarlo y decidió aprovechar para ir al médico y asegurarse de que se había quedado embarazada.

Según sus cálculos, llevaba seis semanas de embarazo. Afortunadamente, era poco tiempo para que se le notara y, por suerte también, no tenía más síntomas que las típicas náuseas matinales.

Pero, de todas formas, Raoul estaba tan ocupado en la bodega que no se habría dado cuenta de nada. Y Alexis se sentía dividida al respecto. Por una parte, le alegraba que mantuviera las distancias porque, de ese modo, no existía el menor peligro de que sospechara; por otra, lamentaba su comportamiento porque suponía un obstáculo en su objetivo de desarrollar los lazos emocionales entre padre e hija.

Sin embargo, no se podía negar que habían avanzado bastante.

Como tantas otras veces, se preguntó qué pasaría cuando el embarazo empezara a ser evidente y no lo pudiera disimular. Se acostaba con Raoul todas las noches; hacían el amor todas las noches. Él conocía tan bien su cuerpo que, más tarde o más temprano, notaría los cambios. Sus pechos estaban más sensibles que antes y, como había notado aquella mañana, cuando se puso el sostén, también eran más grandes.

Tenía que encontrar la forma de decírselo. No podía esperar a que se diera cuenta. Tenía que encontrar el momento adecuado.

La visita al médico fue como la seda. El doctor la felicitó por el embarazo y ella se fingió entusiasmada al respecto. ¿Qué otra cosa podía hacer? No le quedaba más opción que seguir adelante y asumir las consecuencias de sus decisiones.

Sin embargo, las consecuencias iban más allá de su relación con Raoul. Había dejado temporalmente el trabajo para cuidar a Ruby, pero esa complicación era poco relevante en comparación con lo que ocurriría cuando diera a luz. ¿Cómo iba a dirigir su negocio? No podía esperar que Tamsyn se hiciera cargo de todo.

Sacudió la cabeza y suspiró. Estaba cuidando a Ruby porque se sentía en deuda con la difunta Bree, a quien había dejado en la estacada. Su pobre amiga ni siquiera sospechó el motivo que la empujó a romper su relación. No podía imaginar que estaba enamorada de Raoul, su esposo. Si lo hubiera sabido, no le habría pedido en aquella carta que cuidara de él y de su hija.

Sin embargo, las cosas eran como eran. Bree había muerto y Raoul y ella tenían que superar su sentimiento de culpa y seguir adelante.

Solo esperaba que, por el camino, encontraran una solución a sus problemas.

Y que esa solución pasara por un futuro juntos.

# *Capítulo Nueve*

Catherine parecía cansada cuando Alexis volvió a la casa y entró en el salón. Tras saludarla, la suegra de Raoul le ofreció una taza de té y preguntó:

–¿Has hecho lo que tenías que hacer?

–Sí, gracias.

Alexis miró a la mujer que había sido una de las mejores amigas de su madre, la que había vendido su casa de Blemheim y se había mudado a la Península de Banks cuando supo que Raoul no se encontraba en condiciones de cuidar de su hija.

–¿Y cómo te van las cosas? No he tenido ocasión de hablar contigo últimamente... ¿Qué tal está Raoul?

Alexis inclinó la cabeza y miró su taza de té.

–No me había dado cuenta de lo decidido que está a mantener las distancias con Ruby. He conseguido que esté con ella de vez en cuando, pero tampoco he avanzado mucho –le confesó–. No es que no la quiera... A decir verdad, la adora. Sin embargo, es tan inflexible que no lo puede reconocer.

–Sí, Bree decía lo mismo. Raoul es muy obstinado. Mi hija guardó en secreto su enfermedad porque estaba segura de que, si se lo decía a su esposo, se negaría a que se quedara embarazada.

Alexis la miró a los ojos.

–¿Le has contado eso a Raoul?

Catherine asintió.

–Varias veces, pero no ha cambiado nada. Se siente responsable de todas formas. Creo que insiste en culparse de la muerte de Bree porque se niega a aceptar que, a veces, no podemos controlar los acontecimientos.

–Sí, es posible.

–Raoul es un obseso del control. Piensa en su relación con Ruby, por ejemplo... Puede que insista en mantener las distancias con ella, pero se asegura de que esté bien cuidada y de que crezca según sus expectativas. Es muy protector.

Alexis sonrió a regañadientes.

–Desde luego...

–Bree era lo único que él no podía controlar. A veces, lo desesperaba y lo sacaba de quicio... –Catherine soltó una carcajada–. Al principio, me sorprendía que dos personas tan diferentes se pudieran llevar tan bien. Pero creo que él no la ha perdonado por lo que pasó. Sigue enfadado con Bree y no saldrá del pozo en el que se encuentra hasta que no lo supere.

–Puede que ya lo esté superando. Afortunadamente, tiene un trabajo que le gusta y que le permite concentrarse en otras cosas –observó Alexis.

–Sí, sé que la bodega le importa mucho. Pero no te dejes engañar por las apariencias. Aunque le dedique todo su esfuerzo, no le está poniendo corazón.

***

Aquella noche, cuando Alexis se retiró a su dormitorio y se metió en la cama con un libro, se puso a pensar en la conversación con Catherine. Las palabras de la madre de Bree le habían dejado una huella profunda, no por Raoul, sino por ella misma.

Catherine no podía imaginar que, durante mucho tiempo, ella también había estado enfadada con Bree. No podía soportar que hubiera conocido antes a Raoul, que se hubiera casado con él y que hubiera encontrado la felicidad con él.

Alexis sabía que había sido una reacción infantil por su parte, pero eso no la justificaba. Había permitido que un sentimiento tan estúpido como injusto se interpusiera en su relación y las separara. De hecho, seguía enfadada con Bree porque había fallecido antes de que ella tuviera la oportunidad de pedirle perdón, de asumir que estaba casada con Raoul y de renovar su antigua amistad.

En el fondo, Raoul y ella se encontraban en la misma situación.

Él tenía que perdonar a su difunta esposa por el delito de no haberle dicho la verdad sobre su salud; ella, por haber permitido que sus sentimientos hacia Raoul se interpusieran en su amistad con Bree.

¿Sería capaz de perdonar?

Alexis no lo sabía. Pero estaba dispuesta a hacer lo que fuera necesario para unir definitivamente a

Raoul y a Ruby; para que las cosas fueran lo que Bree hubiera querido que fueran.

Aún estaba dando vueltas al asunto cuando Raoul entró en el dormitorio.

–Estás muy pensativa... ¿Pasa algo?

–No, nada.

Alexis lamentó no tener las fuerzas necesarias para decirle la verdad, para confesarle que se había enamorado de él y que se había quedado embarazada. Le habría gustado pensar que, si se lo decía, él la tomaría entre sus brazos y murmuraría palabras de aliento. Pero no se engañaba a sí misma.

Sin embargo, eso tampoco significaba que se hubiera rendido. Raoul volvía con ella todas las noches, sin falta. Y ya había pasado tanto tiempo desde la primera vez, que aquello tenía que ser algo más que una simple relación sexual.

–¿Y en qué estabas pensando? –preguntó él mientras se quitaba la ropa.

Ella se encogió de hombros.

–En algo que dijo Catherine esta tarde.

–Ah... –Raoul la miró a los ojos–. ¿Ya se ha recuperado del todo? ¿Quiere que le devuelva a Ruby?

–No, no se trata de eso. Pero, ¿tanta prisa tienes por librarte de mí?

Él se terminó de desnudar y se metió en la cama.

–En absoluto.

Raoul la tomó entre sus brazos y se apretó contra ella. La fuerza de su erección le despertó a Alexis una descarga de deseo y una carcajada de placer.

–¿Sigues pensando que me quiero librar de ti? –continuó él con una sonrisa.

–Ni mucho menos.

Hicieron el amor con apasionamiento, como de costumbre. Lo hicieron como si cada uno de ellos estuviera en posesión de algo que el otro necesitaba y que nadie más le podía dar. Pero, también como de costumbre, Alexis se sintió incompleta porque Raoul no le podía ofrecer el vínculo emocional que necesitaba.

Estaba atrapada en un círculo vicioso.

Raoul se durmió, pero ella se quedó mirando el techo en la habitación oscura, preguntándose si podría soportarlo mucho más. Se había convencido a sí misma de que tenía fuerzas de sobra para derribar los muros de Raoul Benoit, acceder a su corazón y llenarlo de amor.

¿Sería posible que se hubiera engañado? En ese momento, le pareció lo más probable.

Raoul se estaba tomando un café cuando Alexis apareció en el pasillo. Se había levantado temprano porque había descubierto que le gustaba estar con ella antes de ir a trabajar y mirar a Ruby mientras desayunaba.

Alexis entró en la cocina con la pequeña. Estaba más pálida que de costumbre, lo cual le preocupó. Se había acostumbrado a sus sonrisas matinales y no soportaba la idea de que se encontrara mal.

–Buenos días –dijo ella–. Me alegra que sigas en casa... necesito pedirte un favor.

–¿Un favor?

Alexis dejó a la niña en su sillita.

–¿De qué se trata? –continuó él.

Ella dudó un momento antes de contestar.

–Tengo un compromiso esta mañana. He hablado con Laura y con Catherine por si alguna de las dos se podía quedar con Ruby, pero Catherine ya había hecho planes y Laura no se puede encargar de ella porque tiene la gripe y se la podría pegar.

–Ah...

–¿Te podrías quedar con Ruby un par de horas?

A Raoul se le congeló la sangre en las venas. Dos horas no eran precisamente una eternidad, pero lo podían ser si pasaba algo malo y ni siquiera podía acudir a Catherine y Alexis en busca de ayuda.

–No, me temo que no.

–¿No?

Él sacudió la cabeza.

–Estoy enviando muestras de la cosecha del año anterior a restaurantes de todo el país, y los mensajeros estarán entrando y saliendo todo el día –explicó–. No puedo trabajar y cuidar de Ruby a la vez.

Raoul le había dicho la verdad. Efectivamente,

estaba muy ocupado. Pero no le dijo que su renuencia a quedarse con Ruby no se debía a eso, sino al miedo de que le pasara algo en la bodega. El lugar estaba lleno de objetos con los que podía sufrir un accidente y, si se sumaban las motocicletas y los furgonetas de los mensajeros, la situación sería una verdadera pesadilla para él.

Alexis frunció el ceño y asintió.

–Bueno... entonces, tendré que encontrar otra solución.

–¿No puedes dejar el compromiso para otro día?

Alexis lo miró de forma extraña, como si estuviera asustada. Raoul no supo a qué se debía su temor, pero sintió el deseo de protegerla y, al mismo tiempo, se sintió culpable por no quedarse con Ruby.

Ella sonrió con timidez.

–Da igual, no es tan importante.

–¿Seguro que no?

–No –dijo–. ¿Vas a estar en la bodega?

–Sí, pero antes voy a ir al despacho.

Alexis suspiró.

–En ese caso, nos veremos más tarde.

–Claro... Creo que habré terminado hacia las tres.

Raoul salió de la cocina y avanzó por el pasillo, pero se detuvo antes de llegar al despacho. Algo andaba mal. Hacía tiempo que Alexis se comportaba de forma rara; no había sido la misma desde su conversación con Catherine, y ya habían pasado dos semanas desde entonces. ¿Sería por algo que su suegra le había dicho? No tenía forma de saberlo, pero se dijo que le preguntaría aquella misma tarde.

Media hora después, vio que Alexis salía de la casa y se dirigía a su coche. Abrió la portezuela trasera y sentó a la niña en la sillita. Sin embargo, su actitud no era la de siempre; sus movimientos eran más lentos, más cuidadosos.

Cuando terminó con la niña, Alexis guardó una bolsa en el maletero y, a continuación, se dirigió a la parte delantera del vehículo, con intención de sentarse al volante; pero, antes de llegar, se llevó la mano al estómago y se inclinó como si le doliera.

Raoul se levantó del sillón y salió de la casa a toda prisa.

–¿Estás bien? ¿Qué pasa? –preguntó, angustiado.

–Necesito ir al médico, Raoul...

–¿Al médico?

–¿Me puedes llevar?

–Llamaré a una ambulancia.

Raoul sacó el teléfono móvil e intentó marcar el número del servicio de urgencias. Estaba tan nervioso que las manos le temblaban. No se había sentido tan impotente desde que Bree se puso de parto.

–No, no llames a urgencias... –dijo ella.

–¿Por qué no?

–Porque me están esperando en el ambulatorio de la localidad. Es el compromiso que tenía esta mañana.

–Ah...

–Por favor, llévame en el coche.

–¿Estás segura?

–Completamente.

Él abrió la portezuela del asiento de atrás para que estuviera más cómoda. Al verlos, la niña empezó a gritar, encantada.

–Ahora no, Ruby –bramó su padre–. Necesito que te portes bien.

Para su sorpresa, la niña guardó silencio y se metió el pulgar en la boca. Sus grandes ojos azules se clavaron en Raoul.

–Buena chica –dijo él–. ¿Estás cómoda, Alexis?

Ella asintió.

–De momento, sí.

Raoul cerró la portezuela, se sentó al volante y ajustó ligeramente el retrovisor para poder vigilar a Alexis en todo momento. Estaba pálida y fruncía el ceño. Parecía muy asustada. Pero, al menos, Ruby se estaba portando bien y no tendría que preocuparse por ella.

El trayecto hasta el ambulatorio era corto, y Alexis salió del coche en cuanto Raoul aparcó, sin esperar a que la ayudara.

–Vamos, te acompaño...

–No, entraré sola. Quédate con Ruby.

–Ella puede esperar. Deja que...

–¡No, Raoul! –lo interrumpió con vehemencia–. No la puedes dejar sola en el coche. Me las arreglaré.

Alexis se dirigió a la entrada del ambulatorio y desapareció tras las puertas de cristal mientras él sacaba a la niña del coche. Le resultó más difícil de la cuenta porque no estaba acostumbrado a los correajes de la sillita, pero, un par de minutos después, entró en el edificio y se dirigió a recepción.

–¿Dónde está? –preguntó, fuera de sí.

–¿Quién? –preguntó la recepcionista.

–Alexis Fabrini. Acaba de entrar...

–¿Cómo se llama?

–Raoul Benoit.

–¿Es familiar suyo?

Raoul gimió.

–No, no soy familiar suyo. Soy su jefe. Alexis está sola... no tiene familia en la localidad –explicó con paciencia.

–Entonces, se tendrá que quedar en la sala de espera.

Raoul frunció el ceño.

–Pero tengo que estar con ella, tengo que...

–Acaba de entrar en la consulta del médico –lo interrumpió–. No se preocupe, señor. Lo llamarán si es necesario. No puede hacer nada salvo esperar.

La recepcionista lo miró con simpatía, pero él no necesitaba la simpatía de nadie; necesitaba estar con Alexis. Quería que recuperara la salud, que estuviera bien. No la quería pálida y temblorosa como la había visto en el coche.

¿Qué diablos le pasaba? Fuera lo que fuera, era evidente que estaba sobre aviso, porque había pedido cita en el ambulatorio. Pero, si estaba enferma, ¿por qué no le había dicho nada? A fin de cuentas, eran amantes. Eran mucho más que simples amigos. Se conocían de un modo extraordinariamente íntimo.

Aunque, pensándolo bien, quizás no se conocían tanto.

Mientras mataba el tiempo en la sala de espera, se dijo que sabía muy pocas cosas de Alexis. ¿Qué esperanzas tenía? ¿Qué sueños? ¿Qué proyectos? Ni ella hablaba mucho de su vida ni él se había preocupado por preguntar. ¿Qué la hacía feliz? ¿Qué la entristecía?

No tenía respuestas. Solo sabía que estaba preocupada por su salud y que no había hecho el menor comentario al respecto.

Justo entonces, Ruby se intentó bajar para jugar con uno de los juguetes que estaban en el suelo de la sala de espera, que él miró con desconfianza. Parecía razonablemente limpio, pero no se quería arriesgar a que se metiera uno en la boca.

–No, me temo que no es posible, cariño.

Ruby protestó.

–No se preocupe –intervino la recepcionista, que se había dado cuenta de lo que pasaba–. Los juguetes están limpios. Los desinfecto todas las noches.

Raoul no se quedó totalmente tranquilo, pero asintió a regañadientes y dejó a Ruby en el suelo.

La niña alcanzó un juguete y se puso a jugar. Era un objeto sencillo: un larga tira de plástico en la que había que ensartar unas cuentas.

Al ver que no las sabía meter, se inclinó y dijo:

–Espera, yo te enseñaré.

Raoul alcanzó una cuenta y la ensartó, pero Ruby no le hizo el menor caso; en lugar de ensartarlas, se dedicó a dejarlas caer sobre la tira, como si le pareciera lo más divertido del mundo.

Él suspiró, se recostó en la silla y miró el pasillo por el que debían de haberse llevado a Alexis. La espera se le hizo interminable. Pasaron diez, veinte, cuarenta minutos. Y Ruby también se debía de aburrir, porque cambió de juguete varias veces y, al final, se acercó a su padre con un cuento.

–Ahora no, Ruby. Léelo tú.

–¡Papá! –insistió la pequeña.

Como Raoul tenía miedo de que empezara a llorar, la sentó en su regazo, abrió el libro y empezó a leer. La niña se tranquilizó inmediatamente, pero, al cabo de diez minutos, se empezó a poner nerviosa y él no tuvo más remedio que me levantarse y darle palmaditas en la espalda, un truco que Alexis utilizaba con frecuencia.

Desesperado, volvió a mirar al pasillo.

¿Dónde se habría metido? ¿Se encontraría bien? ¿Qué le podía pasar para que tardara tanto?

La niña se enfurruñó y Raoul se sintió inmensamente frustrado.

–Puede que quiera beber... –dijo una señora que estaba sentada a poca distancia.

–Sí, es posible.

Raoul sonrió y se llevó a la pequeña al aparcamiento. Cuando llegó al coche, abrió el maletero y sacó una botellita de agua de la bolsa que Alexis había metido dentro. Ruby la alcanzó de inmediato y empezó a beber.

Tras colgarse la bolsa al hombro, volvió con ella a la sala de espera y la sentó en su regazo. La gente iba y venía, pero aún no sabía nada de Alexis. Ruby se empezó a quedar dormida, de modo que le quitó la botella de las manos y acomodó la posición para que estuviera más cómoda.

Mientras dormía, se dedicó a mirarla. Se parecía tanto a Bree que sintió una punzada en el corazón. Pero en sus rasgos había algo más que la herencia de Bree; a pesar de ser tan pequeña, Ruby ya estaba desarrollando su propia personalidad.

A Raoul le pareció el ser más precioso del mundo, aunque también el más frágil. Y era su hija. Se sentiría obligado a cuidar de ella durante toda su vida. Haría lo que fuera por evitarle accidentes, desengaños, tristezas.

El peso de la responsabilidad era abrumador. ¿Cómo lo soportaba la gente? ¿Cómo equilibrar el amor con los cuidados y las obligaciones?

Raoul siempre había creído que Bree y él tenían una relación basada en la devoción y la confianza mutuas, pero el descubrimiento de que le había ocultado sus problemas de salud cambió las cosas. Bree había traicionado su amor al guardar un secreto tan grave sobre un asunto que les afectaba a los dos. Le había negado la oportunidad de opinar al respecto. Le había negado la oportunidad de afrontar juntos el problema.

Como tantas veces, sintió una mezcla de rabia y derrota. No olvidaba el momento en que los médicos salieron de la sala de partos para informarle del nacimiento de Ruby y de la muerte de Bree. Su esposa se había puesto en peligro y había pagado con su vida. Y Raoul estaba enfadado, realmente enfadado.

Alzó la cabeza y echó un vistazo a su alrededor, recordándose el motivo de su presencia en el hospital. Alexis estaba enferma y él no sabía nada al respecto. No le había dicho nada. En cierto sentido, se estaba repitiendo la misma situación que había sufrido con Bree.

Pero había una diferencia. Probablemente, Alexis había guardado silencio porque él se había empeñado en mantener las distancias y erigir un muro entre ellos. Si hubiera intentado ser más abierto, si hubiera sido un amante de verdad, si hubiera sido su compañero en todos los sentidos de la palabra, no habría estado solo en aquella sala de espera; habría estado a su lado, apoyándola.

Sin embargo, ¿estaba preparado para dar ese paso? ¿Tenía fuerzas para volver a abrir su corazón a otra persona?

Raoul examinó sus sentimientos; unos sentimientos que había intentado mantener bajo control, disimulándolos tras el deseo y la atracción que los dos sentían. Pero ya no los podía ocultar.

Alexis no era una simple amante. Era más, mucho más.

Un ruido procedente del pasillo lo sacó de sus reflexiones. Raoul alzó la cabeza y vio que Alexis se acercaba en compañía de una enfermera, así que se levantó con cuidado de no despertar a Ruby y le salió al paso.

Mientras avanzaba, oyó parte de la conversación que mantenían las dos mujeres.

–Tenga cuidado durante los próximos días. Es importante que no mantenga relaciones sexuales hasta que la hemorragia se corte del todo –declaró la enfermera–. Pero no se preocupe... la ecografía no ha mostrado ninguna deformidad. Tómese las cosas con calma y llámenos por teléfono si tiene alguna duda.

–Muchas gracias –dijo Alexis, tan pálida como antes.

Raoul la miró con desconcierto. ¿Hemorragia? ¿Ecografía? ¿Deformidad? No entendía nada de nada.

¿De qué diablos estaban hablando?

# *Capítulo Diez*

Alexis miró a Raoul y supo que había escuchado su conversación con la enfermera. Era lo peor que podía haber pasado. Habría preferido que no se enterara de esa forma. Le habría gustado que las cosas hubieran sido distintas; que no se hubiera visto obligado a llevarla al hospital ni a quedarse allí, esperándola mientras se hacía un montón de preguntas.

Cuando despertó aquella mañana y descubrió que estaba sangrando, sintió pánico. Llamó al ambulatorio, pidió una cita urgente e intentó encontrar a alguien que se quedara al cuidado de Ruby.

Al pensar en lo sucedido, se dijo que al menos había pasado algo bueno. La estancia en la sala de espera había servido para que Raoul pasara un rato largo con su hija.

–¿Nos vamos? –preguntó ella.

Sabía que tendría que darle explicaciones cuando se quedaran a solas, pero prefería hablar con él en casa. No quería mantener esa conversación en un lugar tan público como un hospital, sometidos a las miradas de los curiosos.

–Por supuesto.

Raoul la llevó al coche y arrancó. Durante el camino, Alexis guardó silencio y se dedicó a contemplar el paisaje por la ventanilla, aunque era consciente de que él la miraba de vez en cuando con intensidad. Obviamente, esperaba respuestas. Pero ella se alegró de que no la interrogara en el interior del vehículo.

Al llegar a la casa, Alexis intentó sacar a Ruby de la sillita. Raoul la apartó suavemente y dijo:

–No, yo me encargaré de ella. Entra y descansa un poco.

Alexis obedeció, entró en la casa y de dirigió al dormitorio principal. No estaba particularmente cansada, pero se sentía débil y se dijo que, si dormía un poco, tendría la excusa perfecta para retrasar la inevitable conversación.

Desgraciadamente, Raoul llegó antes de que se pudiera acostar.

–¿Y bien? –preguntó.

Alexis se sentó en la cama. Había llegado el momento que tanto temía. Y sabía que tenía que decirle la verdad, pero no encontraba las palabras adecuadas.

Por fin, suspiró y dijo:

–He estado a punto de sufrir un aborto.

Él se quedó helado.

–¿Cómo?

–Esta mañana, al despertar, he notado que estaba sangrando y he llamado al ambulatorio –explicó–. Por suerte, no es tan grave como creía. Me han dicho que la hemorragia desaparecerá y que el bebé se encuentra bien.

–El bebé –repitió él, sin más.

Ella asintió.

–Sí.

–Y sospecho que yo soy el padre de ese bebé.

–Sí –declaró Alexis en voz baja.

Raoul se pasó una mano por el pelo.

–Dime, Alexis... ¿Cuándo tenías intención de contármelo?

–Yo... No lo sé, Raoul.

–¿Cómo? ¿Es que no me lo ibas a contar?

–Quería esperar un poco –admitió.

Él empezó a caminar de un lado a otro, nervioso.

–No puedo creer que me hayas mentido –dijo.

–¿Mentirte? ¿Yo?

–Sí, mentir. Me dijiste que estabas tomando la píldora, pero es evidente que no era verdad. Hiciste el amor conmigo a sabiendas de que te podías quedar embarazada, a pesar de saber perfectamente que yo no quería tener más hijos –la acusó.

–Te equivocas, Raoul. Solo ha sido un error. Estoy tomando la píldora, pero me había saltado un par antes de que nos acostáramos por primera vez... –le confesó con voz trémula–. Pensé que no pasaría nada.

–Pero ha pasado.

–Sí, ha pasado.

Él volvió a suspirar.

–No debí confiar en ti. No debí hacer el amor contigo... Dios mío, ¿qué vamos a hacer ahora? –se preguntó, desesperado.

–Bueno, si la hemorragia se detiene y todo sigue bien, supongo que seremos padres de un niño –contestó con suavidad.

Raoul la miró con horror.

–¿Qué quieres decir con eso de que si la hemorragia y se detiene y todo sigue bien? ¿Es que existe la posibilidad de que no salga bien?

–El médico quiere hacerme unas pruebas para estar más seguro. Me dará cita esta misma semana.

–No, no, no puedes esperar a que te den cita. Iremos a una clínica especializada.

–No me lo puedo permitir, Raoul. No tengo tanto dinero.

–Pues lo pagaré yo. Necesito saber lo que pasa.

Raoul cambió de dirección y se dirigió a la salida; obviamente, con intención de hacer unas llamadas telefónicas.

–Raoul, por favor…

–¿Sí?

–Créeme. Yo no sabía lo que iba a pasar. No lo quería.

Él sacudió la cabeza.

–Yo tampoco lo deseaba, Alexis.

–¿Y qué va a pasar ahora?

Raoul se encogió de hombros.

–De momento, descansa un rato.

–¿Y Ruby?

–No te preocupes por ella. Si se despierta, me ocuparé de ella.

Alexis frunció el ceño.

–Pero estabas esperando a unos mensajeros…

me dijiste que hoy ibas a estar muy ocupado –le recordó.

Raoul se encogió de hombros.

–Bueno, tendré que dejarlo para otro día, ¿no te parece?

Los ojos de Alexis se llenaron de lágrimas.

–Lo siento, Raoul. Lo siento mucho.

–Yo también.

Ella se quedó mirando la puerta cuando él la cerró. Estaba angustiada y se sentía terriblemente culpable. Había visto su cara de preocupación cuando la llevó al hospital y había sido testigo de su desconcierto cuando escuchó la conversación con la enfermera.

Desesperada, se llevó una mano al estómago. Esperaba que todo saliera bien. Por el niño, por ella misma y, especialmente, por Raoul.

Las cosas no habían salido según sus planes. No quería que Raoul se enterara de esa manera; tenía intención de decírselo a su modo, en su debido momento. Pero la naturaleza se le había adelantado y había tomado la iniciativa.

Ahora le tocaba a ella. Y no sabía qué hacer.

Raoul estaba en el salón, caminando de un lado a otro. Se había comprometido a cuidar de Ruby mientras Alexis descansaba y, como el alcance del busca era bastante corto, no podía salir de la casa.

Si hubiera podido, se habría dirigido a los viñedos y habría caminado y caminado durante horas.

El cielo se había cubierto de nubes oscuras, que poco después empezaron a derramar las primeras gotas de agua. Raoul se acercó a una ventana y se dedicó a mirar la lluvia.

Alexis estaba embarazada.

Se quedó mirando el jardín y sacudió la cabeza, incapaz de creerlo.

No podía ser verdad. No se podía repetir la historia. La vida no se cansaba de darle golpes: primero le había quitado a Bree y ahora, de repente, lo condenaba a esa situación.

Alexis lo había traicionado de la misma forma que su difunta esposa. Había destrozado su confianza en ella. Le había prometido que podían hacer el amor tranquilamente, que estaba tomando la píldora y que no pasaría nada. Pero había pasado.

Una ráfaga de lluvia golpeó los cristales. Raoul no se movió. No se podía mover.

Justo cuando empezaba a abrir su corazón, justo cuando había decidido que Alexis merecía la pena y que, quizás, había llegado el momento de empezar a vivir otra vez, ella le mentía y se quedaba embarazada.

Era un maldito estúpido. ¿Es que no había aprendido nada? Todo el mundo mentía, hasta los seres más queridos. Bree le había mentido. Y Alexis, que parecía tan honrada, también le había mentido.

No tenía ni pies ni cabeza. Especialmente, porque sabía que estaba enamorada de él. Se lo había oído decir una noche, cuando ella creía que estaba dormido. Aunque él ya lo sabía. Lo había notado en sus palabras, en su forma de acariciarlo, en su forma de hacer el amor. Y le había llegado a lo más profundo de su alma.

Pero había mentido igual que Bree y, al igual que ella, se había puesto en peligro. Aquel bebé era una amenaza para su salud.

Raoul siempre había querido una familia grande. El deseo había permanecido en él incluso después de la muerte de su esposa. Pero lo mantenía bajo control porque no se quería arriesgar a sufrir otra experiencia como la que había sufrido con Bree.

No lo podía aceptar. Simplemente, no podía. Ya había perdido a una de las mujeres de su vida, a una mujer a la que había jurado amor eterno. Y el dolor de su perdida había sido terrible. Como el dolor de descubrir que le había ocultado sus problemas de salud.

No estaba dispuesto a perder también a Alexis.

La quería demasiado. Se había enamorado.

Al darse cuenta, sintió miedo. No de amar, sino de perder. El embarazo ya la había puesto en peligro. Si se repetía la experiencia de Bree, no lo podría soportar. Tenía que arrancar esos sentimientos de su corazón, alejarse de ella.

Por desgracia, pensarlo era más difícil que hacerlo. Alexis se había ganado su afecto con su forma de ser. Raoul había hecho todo lo que había estado en su mano por mantener las distancias, pero había fracasado e, incluso ahora, después de lo que había sucedido, ardía en deseos de entrar en su habitación y abrazarla.

Pero eso no era posible. Tenía que reconstruir sus defensas y conseguir que, esta vez, fueran completamente impenetrables. Hasta el punto de que nada ni nadie pudiera llegar de nuevo a su corazón.

Más seguro, sacó el teléfono móvil del bolsillo y buscó en su lista de contactos hasta encontrar al tocólogo de Bree. Marcó su número rápidamente, para no correr el riesgo de cambiar de opinión. Por lo sucedido con su esposa, sabía que era uno de los mejores profesionales del país. Y Alexis merecía lo mejor.

Al cabo de unos minutos, cuando ya había conseguido una cita para dos días más tarde, cortó la comunicación y se guardó el teléfono.

Ahora, solo quedaba esperar.

Dos días más tarde, Raoul y Alexis subieron al coche y se dirigieron a la consulta del especialista.

–No sé por qué te has empeñado en que cambie de médico –dijo ella de repente–. La hemorragia ya se ha detenido.

–Pero querrás saber por qué se produjo, ¿verdad?

Ella suspiró.

–Son cosas que pasan, Raoul. No significa que me pase nada malo.

Él sacudió la cabeza, insatisfecho con su afirmación.

–No, siempre hay un motivo para todo.

Alexis guardó silencio y se giró hacia la ventanilla.

–¿Te encuentras bien? –continuó él.

–Sí, un poco mareada, pero eso normal. Es por las náuseas matinales… curiosamente, solo se me quitan cuando conduzco.

–¿Prefieres conducir tú?

–No, no tiene importancia.

–Si necesitas que nos detengamos en algún momento, dímelo.

Alexis también suspiró.

–Por supuesto –dijo–. ¿Crees que Ruby estará bien con Catherine? Parecía bastante ofuscada cuando nos hemos ido.

–Sé tranquilizará.

–Eso espero…

–Si estás preocupada, llama a Catherine.

Ella sacudió la cabeza.

–No creo que sea necesario.

Una hora y cuarto después, llegaron a la consulta. Raoul aparcó junto al edificio y acompañó a Alexis a la entrada. Estaba tan nervioso que, por primera vez, se preguntó si aquello había sido una buena idea.

Ya dentro, se dirigieron a la recepción. Alexis dio su nombre y, después, se fue con Raoul a la sala de espera. Él pensó que, si la suya hubiera sido una relación normal, ella lo habría tomado de la mano en busca de su apoyo; pero su relación no era normal, así que se limitó a sentarse a su lado, en una silla.

Momentos después, Alexis dijo:

–¿Podrías dejar de mirarme? Te aseguro que no me voy a romper.

–Bueno es saberlo.

Raoul se inclinó y alcanzó una revista de la mesita.

–¿Señorita Fabrini? –preguntó un hombre.

–Sí, soy yo.

Raoul y ella se levantaron al mismo tiempo. El hombre se acercó con una sonrisa y estrechó la mano de Alexis.

–Buenos días. Soy Peter Taylor. Encantado de conocerte.

Peter se giró hacia Raoul y añadió:

–Me alegro mucho de verte. ¿Qué tal está Ruby?

–Bien, creciendo...

El obstetra los miró a los dos, como preguntándose por la relación que mantenían. Alexis se dio cuenta y le dio la explicación más fácil.

–Yo soy la niñera de Ruby.

–Ah, comprendo... Bueno, ¿queréis pasar a la consulta?

–Prefiero entrar sola –dijo Alexis.

Raoul estuvo a punto de protestar y decir que, en calidad de padre del bebé, tenía derecho a entrar con ella. Pero no eran pareja y, además, Alexis ya había dicho que prefería quedarse a solas con el médico.

Se sentó de nuevo y se dijo que la historia se repetía. Una vez más, la mujer de su vida lo mantenía en la oscuridad más absoluta, a distancia. Bree siempre se las había arreglado para que el obstetra le diera cita cuando sabía que él estaba ocupado y no la podría acompañar. En su momento, Raoul no le había dado importancia; pero ahora sabía que era una forma de impedir que supiera lo que pasaba.

La espera fue insufrible. Se le hizo tan difícil que, al cabo de un rato, cansado de estar sentado en la silla, se levantó, se acercó a la recepcionista y le pidió que, si Alexis salía de la consulta, le dijera que estaba fuera.

Hacía frío, aunque el sol brillaba entre las nubes. Raoul se quedó junto al coche e intentó convencerse de que no le importaba que Alexis hubiera entrado sola. Era mejor así. Debían mantener las distancias. Además, él no le podía ofrecer nada. No era más que un hombre roto por su pasado; un hombre con miedo a confiar en los demás; un hombre al que traicionaban constantemente.

Se dijo que, si se repetía esas cosas con frecuencia, cabía la posibilidad de que, al final, se las creyera.

–Dios mío...

Suspiró y se metió las manos en los bolsillos de la chaqueta. Luego, se apoyó en el vehículo, echó la cabeza hacia atrás y cerró los ojos.

Si se hubiera alejado de ella. Si no la hubiera besado. Si no hubieran hecho el amor.

La vida estaba llena de condicionales, pero las cosas eran como eran y ya no tenían remedio. ¿Qué podía hacer? ¿Sería capaz de pasar otra vez por el mismo infierno? ¿Sobreviviría a la tortura de ver que aquel hijo crecía en su interior, a sabiendas de que ese mismo hijo podía acabar con la vida de Alexis?

No; definitivamente, no.

Raoul sabía que su forma de afrontar la situación no era la más valiente de las posibles. Sin embargo, ya había pasado por ahí y no quería repetir la experiencia.

Solo había un problema.

Que estaba enamorado de Alexis Fabrini.

# *Capítulo Once*

Alexis estaba en la cocina, preparándose una taza de café, cuando oyó que la puerta de la casa se cerraba.

Raoul había vuelto.

Se le hizo un nudo en la garganta y se preguntó qué iba a pasar ahora. Desde su visita a la consulta del tocólogo, sus conversaciones se habían limitado a un intercambio tan breve de palabras que apenas duraba unos segundos.

Todavía no le había contado todo lo sucedido en la consulta, pero tenía buenos motivos para callarse. Raoul la había apartado de él por completo. No se trataba únicamente de que ahora durmiera sola en el dormitorio principal. Había trazado una línea y hacía lo posible para que no la cruzara.

En cualquier caso, el embarazo era muy importante para Alexis. Habría preferido que Raoul estuviera a su lado, apoyándola; pero si no le dejaba más opciones, afrontaría el proceso en soledad.

Al oír sus pasos en el pasillo, se puso tensa. Raoul entró en la cocina y ella se giró para mirarlo a los ojos.

–Me voy a duchar. ¿Te encuentras bien? ¿Necesitas algo?

Raoul sonó como el hombre del que se había enamorado, pero no era exactamente el mismo. En sus ojos no había ni rastro de calidez; solo un vacío intenso.

–Sí, estoy bien. Ya te lo he dicho... Solo tengo que tomarme las cosas con calma y no esforzarme mucho.

Él asintió.

–De todas formas, no quiero que saques a Ruby de la cuna. Mi hija pesa demasiado –dijo–. Ya la levantaré yo cuando se despierte.

Raoul se dio media vuelta y se fue.

Se había acostumbrado a hacer ese tipo de cosas. Se iba de casa cuando Ruby estaba durmiendo y volvía cuando estaba a punto de despertar o cuando la tenían que acostar. Y siempre que la veía con la niña en brazos, se enfadaba. Pero Alexis no estaba dispuesta a dejar de hacer su trabajo. A fin de cuentas, era la niñera de Ruby.

Se preguntó si su relación iba a ser así a partir de entonces; un intercambio continuo de palabras superficialmente amables que excluían todos los asuntos importantes salvo su estado de salud.

Una parte de ella quiso seguirlo, detenerlo y obligarlo a afrontar lo que pasaba. Forzarlo a reconocer lo que habían compartido antes de que él supiera que estaba esperando un niño. Descubrir si entre ellos había algo más que una relación sexual.

Pero la mirada de Raoul le había dicho todo lo que necesitaba saber.

Esa relación había desaparecido, había terminado para siempre. Raoul no quería saber nada de ella. Las tensiones y las alegrías del embarazo iban a ser cuestión exclusivamente suya; una época solitaria sin nadie que estuviera a su lado para maravillarse por la vida que crecía en su interior.

Por suerte, no había vuelto a sufrir ninguno de los síntomas que la habían llevado al ambulatorio. El doctor Taylor había acertado al decir que no le pasaba nada, que ese tipo de cosas eran relativamente comunes durante los tres primeros meses.

Sin embargo, Alexis no se sentía segura en absoluto. Estaba llena de temores, y la enorme brecha que se había abierto entre Raoul y ella la condenaba a la soledad. Desde luego, podría haber hablado con su familia, pero no les quería contar lo sucedido porque aún albergaba la esperanza de que Raoul cambiara de actitud.

Suspiró y pensó que, al menos, tenía a Catherine. Había llamado por teléfono y le había dicho que pasaría de visita. Y cuando la suegra de Raoul llegó, a Alexis le bastó una mirada para saber que algo andaba mal.

Estaban mirando a Ruby mientras jugaba con sus juguetes cuando Catherine declaró:

–Raoul se puso en contacto conmigo hace un par de días.

–¿Y eso?

–Quiere que busque otra niñera para Ruby. Una mujer que se encargue de ella hasta que yo me encuentre mejor.

Alexis se sintió como si le hubieran dado una bofetada.

–¿Quiere que me vaya?

–Bueno, no dijo eso... por lo menos, no con esas palabras –contestó Catherine–. Pero me ha pedido que empiece a buscarla de inmediato.

–No sabía nada. No me ha dicho nada.

Catherine cambió de posición en la silla.

–¿Es verdad que estás embarazada?

–Sí.

–¿De cuántos meses?

Alexis suspiró.

–De nueve semanas.

–¿Y estás bien?

–¿Te ha contado lo que pasó el lunes? Me tuvo que llevar al ambulatorio porque me sentía mal... y dos días más tarde, fuimos a ver al obstetra de Bree.

Catherine sacudió la cabeza.

–No, no me lo ha contado, pero ya sabía que pasaba algo. Ha cambiado de actitud. Se comporta como se comportaba cuando Bree falleció.

Catherine se levantó de la silla y se sentó junto a Alexis, en el sofá. Luego, le pasó un brazo por encima de los hombros y dijo:

–Cuéntamelo.

Alexis se lo contó.

Dejó atrás sus temores y se lo dijo todo, aunque no sabía cómo reaccionaría Catherine al saber que se había estado acostando con el esposo de su difunta hija.

Por fortuna, Catherine se mostró más comprensiva de lo que había imaginado. Se limitó a escucharla con atención y a abrazarla con fuerza o susurrar unas palabras de apoyo cuando la ocasión lo requería.

Al terminar de hablar, los ojos de Alexis se habían llenado de lágrimas. Catherine sacó un pañuelo y se lo dio.

–Pobrecilla... Te has enamorado de él, ¿verdad?

Alexis asintió.

–Sí –dijo–. ¿No estás enfadada conmigo?

–¿Por qué me iba a enfadar? –replicó, perpleja.

–Porque Raoul es el viudo de Bree. Aún no ha pasado ni un año de su muerte y ya me he arrojado a sus brazos.

Catherine soltó una carcajada.

–Oh, querida mía... No digas esas cosas. –Catherine le dio una palmada en la pierna–. Echo terriblemente de menos a mi hija, pero está muerta y nadie me la puede devolver. En cuanto a Raoul y tú... a decir verdad, te estoy agradecida por lo que has hecho. Cuando tú llegaste, Raoul estaba en el fondo de un pozo oscuro. Pero tú le has devuelto la vida y le has dado algo por lo que luchar.

Alexis la miró con extrañeza.

–¿Algo por lo que luchar? No te entiendo...

–Se había encerrado en sí mismo para no volver a sentir nada, ni siquiera por Ruby. Aún recuerdo la cara que tenía en el hospital, cuando miraba la incubadora. En sus ojos no había el menor rastro de emoción –dijo Catherine–. Entonces me di cuenta de que Ruby iba a necesitar ayuda… De que los dos la iban a necesitar.

Alexis no dijo nada.

–Cuidar de Ruby me ayudó a superar la pérdida de Bree –siguió Catherine–. Estoy segura de que también le habría ayudado a Raoul, pero la niña estuvo tan enferma durante su primer mes de vida, que se alejó un poco más.

–No sé cómo pudo hacer eso.

Catherine se encogió de hombros.

–Yo diría que es obvio. Raoul es un hombre fuerte, de emociones intensas. Emociones que a veces le superan y que no puede refrenar.

–Sí, pero…

–No seas tan dura con él. El padre de Bree se parecía mucho a Raoul, ¿sabes? De hecho, estoy segura de que mi hija estaba enamorada de Raoul por los mismos motivos que yo de mi esposo –le confesó–. Él también se encerraba en sí mismo cuando se sentía vulnerable. No lo podía evitar.

Ruby dejó sus juguetes, se puso de pie y avanzó hacia su abuela, que la tomó entre sus brazos y la sentó sobre sus piernas.

–Raoul no sabía lo que se estaba perdiendo hasta que tú llegaste, Alexis.

–Es posible que tengas razón, pero ya no hay nada que hacer. Lo de mi embarazo ha destruido la relación que teníamos.

–Puede que sí y puede que no. Yo creo que solo necesita tiempo para pensar.

–Pues, si es verdad que está buscando a una niñera, a mí no me queda mucho tiempo… –observó Alexis.

Catherine dio un beso a Ruby y la dejó en el suelo.

–No te rindas, Alexis. Si crees que Raoul merece la pena, lucha por él.

Catherine se marchó pocos minutos después, tras prometerle que la llamaría al día siguiente.

Odiaba tener que admitirlo, pero echaba de menos a Alexis. Sin embargo, había tomado una decisión y se mantendría firme.

Alexis se tenía que ir.

Lamentablemente, Catherine no se encontraba en condiciones de cuidar a Ruby, así que no tenía más remedio que encontrar una niñera tan pronto como fuera posible. Entre tanto, se dedicaba a vigilar a Alexis para asegurarse de que no hiciera demasiados esfuerzos. Por un lado, odiaba la idea de perderla de vista; por otro, ardía en deseos de que se fuera de una vez. Y nunca, jamás, se permitía el lujo de pensar en el hijo que estaba esperando.

Entró en la casa y se pasó una mano por el pelo. Iba a hablar con ella para informarle de que estaba buscando una niñera y de que, dentro de poco, ya no necesitaría sus servicios. Pero no le apetecía en absoluto.

Entró en el cuarto de baño, abrió el grifo de la ducha, se desnudo y se metió bajo el agua. Tenía frío porque había estado todo el día en los viñedos, podando las viñas. Era un trabajo lento y metódico que, no obstante, le había ofrecido una ocasión excelente para pensar.

Cerró los ojos y alcanzó el bote de champú. Cuando los volvió a abrir, se dio cuenta de que se había equivocado de bote y había tomado el de Alexis, que olía a flores. Se excitó tanto que lanzó el bote contra la pared, desesperado.

Alexis parecía estar en todas partes. En sus pensamientos, en sus sueños, hasta en el cuarto de baño.

Salió de la ducha, se secó a toda prisa y se vistió, decidido a hablar con Alexis y poner fin a esa situación tan pronto como fuera posible.

Alexis estaba en la cocina, con Ruby. Ruby miró a su padre y sonrió de oreja a oreja.

–Tengo que hablar contigo esta noche. ¿Cuándo te viene bien?

Alexis arqueó una ceja.

–¿Que cuándo me viene bien? ¿Crees que tienes que pedir una cita para hablar conmigo? –preguntó con humor.

–No sé si necesito una cita, pero se trata de algo importante.

Alexis asintió.

–Si me quieres decir que estás buscando una niñera, olvídalo. Catherine me informó ayer –dijo–. ¿Ya la has encontrado?

Raoul la miró con sorpresa.

–No, aún no... Tengo varias candidatas.

–Me alegro.

Él no dijo nada.

–He pensado que, por el bien de Ruby, sería bueno que tuviéramos un periodo de transición cuando llegue la nueva niñera –continuó Alexis–. Un par de semanas... Lo justo para que la niña se acostumbre a ella.

–¿Te parece necesario?

–Sería conveniente, ¿no crees? Si me voy antes de que Ruby se acostumbre, lo pasarán mal las dos.

–Sí, es posible.

–También sería bueno que estés más a menudo en casa.

–¿Por qué?

Alexis suspiró.

–Porque eres su padre y necesita la estabilidad que tú le proporcionas.

–Creo que exageras. Dentro de poco volverá con Catherine y tendrá toda la estabilidad del mundo –alegó.

–¿Estás decidido a dejarla con Catherine? ¿Lo dices en serio? ¿Vas a dejar a Ruby con su abuela?

–Por supuesto. Aquí no se puede quedar.

Alexis frunció el ceño.

–¿Por qué no?

–Porque no tengo tiempo –sentenció.

–Eso es una tontería, Raoul. Si vas a contratar a una niñera, no tendrás que preocuparte por Ruby. No hay motivo por el que no pueda estar en tu casa.

–Bueno...

Raoul se quedó repentinamente sin palabras. Al mirar a su hija, se dio cuenta de que quería tenerla a su lado. No se sentía capaz de cuidar de ella sin ayuda, pero Alexis tenía razón. Entre la niñera nueva y Catherine, que sin duda estaría encantada de echarle una mano, la podría sacar adelante sin descuidar sus obligaciones en la bodega.

Se había acostumbrado a Ruby hasta el extremo de que ya no imaginaba su vida sin aquel rostro angelical que le sonreía cada vez que estaban en la misma habitación. Sin ella, se habría sentido perdido, vacío.

–¿Raoul?

–Está bien, me lo pensaré.

Ella sonrió con debilidad.

–Bueno, es un avance…

Raoul se quedó de pie en la cocina, sin saber qué hacer.

–¿Qué tal te ha ido esta semana? –preguntó tras un silencio incómodo.

Ella se encogió de hombros.

–Bien…

–¿Cuándo tienes que volver al médico?

–Tenía una cita para dentro de cuatro semanas –contestó–. Pero si no voy a estar aquí para entonces, buscaré otro especialista cuando llegue a casa.

–Yo me encargaré de todos los gastos.

–Gracias.

–Y de los gastos del bebé, claro… Cuando nazca.

–Te llamaré si necesito tu ayuda.

–Lo digo en serio. Estoy dispuesto a asumir mis responsabilidades.

Ella soltó un bufido.

–Oh, sí… todas tus responsabilidades menos las que importan –ironizó.

Él se ruborizó.

–No insistas con eso, Alexis. Me pides demasiado.

–¿En serio? Me extraña que digas eso, teniendo en cuenta que Ruby y el hijo que estoy esperando te lo dan todo sin esperar nada a cambio. No creo que pedir que los quieras sea pedir demasiado.

Raoul apretó los puños con tanta fuerza que se clavó las uñas en las palmas de las manos. Necesitaba el dolor para refrenarse, para no abalanzarse sobre ella y demostrarle lo mucho que la quería.

–Ya he dicho lo que he venido a decir. No me esperes para cenar –declaró, muy serio–. Volveré tarde.

Alexis se quedó en la cocina, deprimida. Había sido una estúpida al pensar que tenía alguna esperanza con él. Por lo visto, su relación estaba condenada desde el principio.

¿Cómo era posible que no se diera cuenta de que se necesitaban?

Le dolía pensar que Raoul se estaba negando el amor porque estaba tan destrozado que no tenía fuerzas ni para intentarlo otra vez. Pero, a pesar de ello, no entendía que, puestos a elegir entre el amor y la soledad, alguien pudiera elegir la soledad.

Durante los días siguientes, fue testigo de sus entrevistas a niñeras. Cada vez que llegaba una, le pedía que llevara a Ruby para presentársela. Algunas de las entrevistas fueron bien; otras, no tanto. Y por fin, a finales de semana, Raoul le informó de que había encontrado a la persona adecuada.

Alexis se sintió como si la tierra se hubiera abierto bajo sus pies. Su tiempo estaba contado. Dentro de poco, se marcharía.

Pero aún había un destello de luz en mitad de la oscuridad. Faltaban unos días para el cumpleaños de Ruby, y Catherine había sugerido que lo celebraran en la guardería porque había sitio de sobra y, de esa manera, la niña podría jugar con sus amigos.

A Alexis le pareció bien, pero Raoul se negó a ir.

–No –dijo categóricamente cuando Alexis lo invitó.

–Es el cumpleaños de tu hija…

–No se dará ni cuenta.

Alexis suspiró.

–Esa no es la cuestión.

–No, claro que no es la cuestión. ¿No te has parado a pensar que, además del cumpleaños de Ruby, también es el aniversario de la muerte de Bree?

–Por supuesto que sí –replicó ella–. Pero, ¿qué vas a hacer? ¿Castigar a Ruby durante el resto de su vida? ¿Le vas a negar que celebre su cumpleaños porque su madre falleció ese mismo día? ¿Por qué te empeñas en aferrarte al dolor?

–He dicho que no voy a ir. Punto.

Las semanas siguientes pasaron muy deprisa. La niñera nueva, Jenny, era una chica muy competente.

Alexis hacía verdaderos esfuerzos por llevarse bien con ella, pero no podía negar que sentía celos de su relación con Ruby, que la trataba como si llevaran toda la vida juntas. Hasta Catherine pensaba que Jenny estaba haciendo un trabajo excelente.

Como ahora tenía más tiempo libre, Alexis volvió a pensar en sus diseños y se concentró en el desarrollo de una idea que se le había ocurrido: una gama de ropa para mujeres embarazadas. No tenía ninguna experiencia al respecto, pero era todo un desafío. Y siempre le habían gustado los desafíos.

Además, necesitaba distraerse con algo. Dejar a Raoul iba a ser la decisión más difícil de su vida. Y por si eso fuera poco, aún tenía que hablar con su padre para contarle que se había quedado embarazada. Sabía que se llevaría una decepción, pero esperaba que se le pasara con el tiempo.

Aunque no todo iba a ser tan difícil. Volver a la casa de su padre implicaba volver a estar cerca de Tamsyn y de su marido, Finn, un hombre que casi era un hermano para ella.

–¿Esos diseños son tuyos? –preguntó Jenny al

ver los bocetos en la mesa de la cocina–. Tienes mucho talento…

–Alexis sonrió.

–Gracias. Estoy pensando en hacer una gama de ropa para embarazadas.

–¿Eres diseñadora? Pensaba que eras niñera…

–Bueno, soy las dos cosas. Empecé como niñera, pero luego me interesé por el diseño y fundé mi propia empresa –le explicó–. Antes de venir a casa de Raoul, estuve viajando por Europa, buscando inspiración, ya sabes.

Jenny miró los bocetos con detenimiento.

–¿Por eso te vas? ¿Para trabajar en tus diseños?

Alexis no tuvo ocasión de responder. Raoul entró en ese momento en la cocina y alcanzó una cafetera para servirse una taza.

–Ya hemos molestado bastante a Alexis –dijo él, que había escuchado la última parte de su conversación–. Es hora de que vuelva a sus cosas.

Alexis pensó que no quería volver a ninguna parte, que estaba donde quería estar. Pero él no la quería allí ni como amante ni como compañera ni como simple amiga.

Al notar la tensión que había entre ellos, Jenny les dio una excusa rápida y los dejó a solas.

–Jenny cuida muy bien de Ruby.

–Ya me he dado cuenta. Mi hija está a salvo con ella.

–¿A salvo, Raoul? ¿A salvo? ¿Eso es todo lo que te preocupa? ¿Y qué me dices del amor? ¿No crees que es tan importante como la seguridad? ¿Es que tus padres no te quisieron cuando eras niño? Por supuesto que te quisieron... Estuvieron todo el tiempo, contigo, porque es lo que los padres hacen. No renuncian a criar a sus hijos.

–Es curioso que digas eso, teniendo en cuenta que eres niñera. Si los padres fueran como tú dices, las niñeras no tendrían trabajo.

Ella gimió.

–Sabes que no me refiero a eso. Me refiero a que un padre de verdad no rompe los vínculos emocionales con...

–¡Ya basta! –bramó él–. Deja de castigarme, Alexis. Ruby está bien con Jenny y, si es necesario, estoy seguro de que Catherine me ayudará. Si quieres, te puedes ir hoy mismo. Te pagaré a final de mes y hablaré con mis abogados para que se encarguen de prestarte todo el apoyo que necesites cuando des a luz.

–¿Hoy? ¿Quieres que me vaya hoy? Pero si aún me queda una semana...

Alexis se sentó en una de las sillas de la cocina, sintiéndose repentinamente débil. No podía creer que Raoul la estuviera echando de su casa.

–Sí, quiero que te vayas de inmediato –contestó–. Ya no te necesito.

–Lo sé... Ese es el problema –dijo ella en voz baja–. Que nunca me has necesitado.

# *Capítulo Doce*

Alexis tomó sus bocetos y salió de la habitación. Al llegar al dormitorio principal, se puso a recoger sus cosas. Y entonces, rompió a llorar.

Estaba acostumbrada al dolor. Había perdido a su madre y, poco después, a Bree. Pero aquello era distinto; no se parecía nada. Raoul no la necesitaba, no la quería, no la amaba. Y le dolía terriblemente.

Entró en el vestidor para sacar la maleta y, al ver la ropa de Bree, se emocionó un poco más.

–Lo siento, Bree. Te he fallado –se dijo en voz alta–. Pensé que lo conseguiría, que, si tenía la paciencia necesaria, lograría que Raoul volviera a vivir. Pero he fallado. Lo siento, amiga mía. Lo siento por todo, pero, especialmente, porque permití que mis sentimientos por Raoul se interpusieran en nuestra amistad.

En ese momento, oyó que Ruby se había despertado y que Raoul había entrado en la habitación para cuidar de su hija.

–Al menos, he conseguido que se sienta más cerca de ella, que se comporte como un padre de verdad...

Alexis alcanzó la maleta, la llevó al dormitorio y

empezó a guardar sus pertenencias. A continuación, se secó las lágrimas e hizo un esfuerzo por recuperar el aplomo. Necesitaba estar tranquila para despedirse de Ruby y, quizás, del propio Raoul.

Respiró hondo y salió del dormitorio tras echar un vistazo al que había sido su hogar durante tantas semanas. Habría dado cualquier cosa por quedarse allí, pero no podía. Sería mejor que lo asumiera y se marchara sin mirar atrás.

Mientras avanzaba por el pasillo, apareció Jenny con la niña en brazos. En cuanto la vio, Ruby saltó al suelo y corrió hacia ella. Alexis la abrazó con fuerza y se la devolvió a la niñera, intentando mantener la calma.

–Bueno, será mejor que me marche... Si me he dejado algo, te ruego que me lo envíes. Catherine tiene mi dirección.

Jenny sonrió.

–Así lo haré. Y gracias por haberme ayudado tanto esta semana. Si no hubieras estado presente, habría sido mucho más difícil.

Alexis le devolvió la sonrisa.

–De nada... ¿Sabes dónde está Raoul? Me gustaría despedirme de él.

–Creo que ha ido a la bodega. Ha dicho que tenía que cargar unas cajas de vino en un camión, o algo así.

–Comprendo.

Alexis respiró hondo y tomó la maleta, que había dejado en el suelo.

–Bueno, me voy. Me espera un largo viaje.

***

–Voy a matar a ese hombre –bramó Finn Gallagher–. No voy a permitir que traten así a mi hermanastra.

Lorenzo, el padre de Alexis, había quedado con Tamsyn y su marido para ir a recoger a Alexis a Akaroa. Pero Lorenzo estaba tan fuera de sí que, al final, optaron por dejarlo en casa.

–No es culpa suya, Finn –dijo Alexis–. Raoul no me ha engañado. Me metí en ese lío sola, a sabiendas de lo que podía ocurrir.

–Lo que ha hecho ese tipo no tiene justificación alguna –insistió Finn, furioso.

–Vamos, Finn... Intenta ponerte en su lugar. Imagina que te has casado con una mujer que se queda embarazada sin decirte que el parto puede acabar con su vida. Imagina que muere cuando da a luz y que, después, por si eso fuera poco, te cruzas con otra mujer que te vuelve a mentir en un asunto importante.

Tamsyn se acercó a su marido y le pasó un brazo alrededor de la cintura.

–Déjalo ya, Finn. Alexis necesita nuestro apoyo, no tu censura.

–Yo no estoy enfadado con ella –protestó Finn–. Es que no me gusta que le hagan daño.

–A mí tampoco me gusta. Pero Alexis es una mujer adulta, perfectamente capaz de tomar sus propias decisiones.

–Y perfectamente capaz de sobrevivir a ellas –intervino Alexis–. Pero os agradezco mucho que hayáis venido a buscarme; no sabéis cuánto...

Alexis no terminó la frase. Rompió a llorar otra vez.

–Oh, lo siento. No sé qué me pasa, pero no puedo dejar de llorar.

Tamsyn le acarició la mejilla.

–Lo comprendo, Alexis.

Cuando llegaron a la casa de su padre, ya era de madrugada; pero todas las luces estaban encendidas.

Alexis se frotó los ojos y soltó un suspiro de alivio al distinguir a su padre en el porche. Abrió la portezuela, salió corriendo hacia él y se arrojó a sus brazos.

Lorenzo susurró unas palabras cariñosas en su idioma materno, el italiano.

Por fin estaba en su hogar, a salvo. Alexis se preguntó si Ruby llegaría a tener una sensación de seguridad tan profunda como la que ella tenía cuando estaba con su padre.

Raoul se levantó el cuello de la chaqueta para protegerse del frío. Habían pasado cuatro semanas, tres días y dos horas desde que Alexis se fue.

La extrañaba terriblemente. Y no solo desde un punto de vista físico. La echaba tanto de menos que no soportaba estar en la casa porque todo le recordaba a ella. Además, Ruby estaba tan nerviosa que Jenny no sabía qué hacer con ella, la niña solo se tranquilizaba cuando estaba con él, y cada vez era más exigente.

Con el paso del tiempo, Raoul había llegado a comprender que Alexis había hecho mucho más que ser una buena niñera. Le había hecho ver sus defectos como padre y como hombre. Le había hecho ver que no se podía esconder en su trabajo ni delegar sus responsabilidades, que los problemas no desparecían por el simple hecho de que él se tapara los ojos.

Ahora sabía que se había comportado como un estúpido.

Por eso se había acercado a la tumba de Bree, en la que dejó un ramo de rosas amarillas, sus flores favoritas.

Se arrodilló sobre la fría lápida y se quedó en silencio un buen rato. No había estado en el cementerio desde el día del entierro. Se había intentado convencer de que no importaba, de que Bree no estaba realmente en aquel lugar. Y, evidentemente, no estaba. Pero necesitaba hablar con ella.

Respiró hondo y dijo:

–Hola, Bree, soy yo. Sé que debería haber venido antes, pero estaba tan enfadado contigo que no podía pensar con claridad.

Raoul se pasó una mano por el pelo.

–¿Por qué no me dijiste lo que te pasaba? ¿Por qué guardaste el secreto? Yo quería una familia, pero te quería más a ti. ¿Por qué no me lo contaste?

Tras unos segundos de espera, siguió hablando.

–Nuestra hija es preciosa, Bree. Es igual que tú. Pero yo estaba tan encerrado en mí mismo, tan enfadado contigo y con el mundo, que tenía miedo de acercarme a ella... Menos mal que, al final, he entrado en razón. Y es una chica maravillosa. Alexis y Catherine me han ayudado mucho, ¿sabes? Sobre todo, Alexis.

Raoul suspiró.

–Cuando llegó a casa, despertó algo en mí que no quería volver a sentir. Me sacó de mi encierro y me enseñó a amar otra vez, pero yo fui tan estúpido que la eché de mi lado. No sabes cuánto me arrepiento... Hoy he venido porque quiero que sepas que, pase lo que pase, no te olvidaré nunca. Te quise con toda mi alma y tú me diste el regalo de una hija. Pase lo que pase, te llevaré siempre en mi corazón.

Raoul se levantó. Luego, volvió a mirar la lápida bajo la que descansaban los restos de su difunta esposa y caminó hacia la salida del cementerio.

Hacia su futuro.

Catherine le había dicho que estaba haciendo lo correcto, y Raoul se lo recordó una y otra vez mientras conducía por la carretera.

Aún tenía dudas, pero por fin sabía lo que quería. Cuando le confesó a Catherine que iba en busca de Alexis, ella se limitó a sonreír y a decir que ya era hora. Y tenía razón. Así que, a la mañana siguiente, se subió al coche y se puso en marcha tras dejar a la niña al cuidado de Catherine, porque Jenny tenía el día libre.

Tras varias horas de viaje, se detuvo en Kaikoura para llamar a Catherine y asegurarse de que su hija se encontraba bien. Habló con ella diez minutos y, a continuación, volvió al coche. Hora y media después, llegó a casa de Alexis y detuvo el vehículo en el vado. Estaba tan nervioso que tenía la sensación de que el corazón se le iba a salir por la boca.

¿Había hecho bien al dirigirse directamente a su casa? ¿No habría sido mejor que la llamara antes?

–A buenas horas... –se dijo en voz alta.

Salió del coche y se dirigió corriendo a la entrada del edificio; se había puesto a llover.

Alzó un brazo y llamó al timbre. Un hombre de edad avanzada y cabello canoso le abrió la puerta.

–Buenos días –dijo con un marcado acento inglés–. ¿En qué le puedo ayudar?

–Me preguntaba si Alexis está en casa... –replicó Raoul inseguro.

El hombre frunció el ceño.

–Yo soy su padre, Lorenzo Fabrini.

Raoul asintió y le estrechó la mano.

–Encantado de conocerlo, señor Fabrini. Soy Raoul Benoit.

El padre de Alexis apartó la mano al instante.

–¿Se puede saber qué hace aquí?

–Quería hablar con su hija.

–Ah, vaya, ahora quiere hablar con ella.

–Si es posible, sí. Sé que debería haberlo hecho antes, pero… ¿Puedo entrar?

Lorenzo sacudió la cabeza.

–Eso no es decisión mía, jovencito. Pero tiene suerte; porque, si fuera por mí, ya lo habría echado a patadas.

Raoul tragó saliva.

–Por favor, señor Fabrini… Se lo ruego. Sé que me he portado mal con su hija. Sé que le he hecho daño y que…

Lorenzo lo miró con ira.

–¿Que le ha hecho daño? Ha hecho mucho más que hacerle daño. Mi hija está profundamente deprimida. Cuando se marchó de aquí, estaba llena de esperanza… Cuando volvió, era una sombra de lo que había sido.

–Lo siento –insistió Raoul, avergonzado–. Lo siento sinceramente.

–Sus disculpas no significan nada para mí. Usted es un hombre que niega el afecto a su propia hija; un hombre que desprecia el amor de la mía y que, no contento con ello, la echa de su casa cuando las cosas se ponen difíciles. Su comportamiento me parece despreciable, señor Benoit. Pero no soy yo quien lo debe disculpar, sino Alexis.

–Entonces, permítame que la vea. Deje que hable con ella –le rogó.

–No.

A Raoul se le encogió el corazón.

–¿No? ¿Es que no me quiere ver?

–Es que no está en casa todavía –contestó–. Si

está decidido a hablar con ella, puede esperar aquí. Pero prométame una cosa.

–Lo que sea.

–Si se le pide que marche, márchese. Y no vuelva nunca.

La idea de no volver a ver a Alexis, de no volver a contemplar su cara de felicidad cuando estaba contenta y su gesto de concentración cuando trabajaba en sus bocetos, se le hizo insoportable. Pero era posible que la hubiera perdido para siempre. A fin de cuentas, su padre tenía razón: la había echado de su casa y había despreciado su afecto.

–Si es lo que Alexis quiere, me iré.

Lorenzo asintió.

–En tal caso, espere en el porche. Sin el permiso de mi hija, no lo puedo invitar a mi casa –sentenció.

Lorenzo le cerró la puerta en las narices. Raoul se sentó en una de las sillas y pensó que se lo tenía bien merecido. La ropa se le había mojado y tenía frío, lo cual auguraba una espera de lo más incómoda, pero no le importó, haría lo que fuera por retomar su relación con Alexis. Y esta vez, si ella se lo permitía, no volvería a estropear las cosas.

Estaba lloviendo y la carretera no se encontraba en buenas condiciones, así que Alexis conducía con cuidado.

Estaba contenta. Tenía un padre que la adoraba, una hermanastra que la quería con locura, un cuñado que era casi un hermano para ella y un niño que crecía en su interior. Incluso tenía una empresa que iba viento en popa. Lo tenía todo. Todo salvo el amor del hombre del que se había enamorado.

Ya estaba llegando a la casa cuando vio un coche aparcado en la parte delantera. A Alexis le extrañó que su padre tuviera visita. Había hablado por teléfono con él y no le había dicho nada. Y al distinguir la matrícula del gran todoterreno negro, se estremeció.

–No pasa nada –dijo, llevándose una mano al estómago–. Tu padre ha venido a vernos.

Detuvo el vehículo y alcanzó el paraguas para salir. De repente, Raoul abrió la portezuela y la miró. Ella se quedó helada en el asiento.

–Yo me encargo del paraguas –dijo él.

Raoul lo abrió y esperó a que Alexis saliera.

–Gracias. ¿Qué haces aquí?

–Te estaba esperando.

Al llegar al porche, Raoul cerró el paraguas y lo sacudió. Alexis lo miró con detenimiento y pensó que seguía tan guapo y atractivo como siempre. Pero estaba decidida a seguir con su vida, había tomado una decisión y no la iba a cambiar si Raoul no le ofrecía lo que necesitaba.

Él se estremeció y ella se dio cuenta de que estaba empapado.

–Entra en casa. Será mejor que te seques. ¿Cuánto tiempo llevas aquí?

–Una hora, más o menos.

–¿En el porche? Dios mío, te habrás quedado helado… ¿Es que mi padre no está en casa?

Raoul sonrió con debilidad.

–Oh, sí. Claro que está.

–Ah…

Alexis abrió la puerta y lo acompañó al vestíbulo.

–¿Papá? Ya estoy en casa.

Su padre apareció de inmediato.

–¿Le has dejado entrar? –preguntó.

–Ha hecho un viaje muy largo para llegar aquí. Y está lloviendo.

Lorenzo frunció el ceño.

–Está bien, como quieras. Os dejaré a solas para que podáis hablar. Estaré en casa de Finn y Tamsyn. Si me necesitas, llámame.

–Por supuesto.

Su padre se acercó a ella se puso una gabardina y, antes de salir de la casa, dijo:

–*Ti amo*, Alexis.

Tras unos segundos de silencio incómodo, Alexis le ofreció a Raoul una toalla para que se secara.

–Alexis…

–Muy bien, te escucho –dijo ella.

Raoul se frotó mandíbula.

–He venido para pedirte disculpas. Te he tratado mal. Merecías mucho más de lo que te he dado. Estaba tan preocupado por mí mismo… Me ofreciste una luz en mitad de la oscuridad. Lograste que volviera a sentir, pero sentí tanto que me asusté y, al final, te aparté de mí.

Alexis le dejó hablar.

–No quería volver a sentirme vulnerable. La muerte de Bree me dolió tanto que me dejó un vacío intenso... La simple idea de enamorarme de otra persona me parecía inadmisible. Pensaba que no merecía el amor.

»Cuando llegaste a mi casa, yo estaba encerrado en mí mismo. Tenía miedo de todo. Había dejado de vivir. Sin embargo, tú te empeñaste en devolverme la vida... y no aceptabas un no por respuesta. Me acordaba mucho de lo que sentí la primera vez que te vi. Me causaste una impresión tan profunda que pensé en ti durante meses.

Ella frunció el ceño.

–Sé que tú sentiste lo mismo que yo. Por eso te alejaste de Bree, ¿verdad?

–Sí –contestó en un susurro.

Alexis cerró los ojos, avergonzada. Si Raoul se había dado cuenta, cabía la posibilidad de que Bree también lo hubiera notado.

–Yo adoraba a mi esposa, pero, por alguna razón, también me sentía atraído por ti. Y cuando volviste, esas emociones renacieron –declaró con voz rota–. No sabes cuánto te odié... Por lo que me hacías sentir y porque me parecía que estaba traicionando a Bree.

Alexis guardó silenció.

–Pero también te traicioné a ti, ¿sabes? –continuó él–. Traicioné tu confianza y tu amor. No sabes cuánto lo siento. Primero me diste el regalo de tu afecto y, después, el de tu embarazo. Pero estaba tan preocupado con la posibilidad de que te pasara lo mismo que a Bree, tan preocupado con la posibilidad de que la historia se estuviera repitiendo, que me alejé aún más. Lo siento mucho, Alexis. ¿Serás capaz de perdonarme?

Alexis suspiró.

–Raoul, me has hecho mucho daño. Cuando me fui de tu casa, estaba tan destrozada que no creía que lo pudiera superar. Con el tiempo, he conseguido recuperarme y empezar a hacer planes de futuro –Alexis sacudió la cabeza–. No lo sé. Simplemente, no sé si puedo volver a confiar en ti.

–Siento haberte hecho daño –dijo en voz baja–. Estoy enamorado de ti, Alexis, te quiero tanto que me duele enormemente lo que te he hecho. Haré lo que sea necesario, lo que tú quieras. Deja que te dé el amor que mereces. Deja que te demuestre lo mucho que significas para mí, lo mucho que nuestro hijo significa para mí.

–Nuestros hijos –puntualizó ella.

Él la miró con desconcierto.

–¿Hijos?

–Dos, para ser exactos.

Raoul se quedó atónito al saber que iba a ser padre de gemelos. Pero, en lugar de preocuparse, sonrió de oreja a oreja.

–¡Dos hijos! Dios mío... ¿Desde cuándo lo sabes?

–Desde mi primera cita con el doctor Taylor.

–Oh, Alexis... –Raoul la abrazó–. Te aseguro que dedicaré el resto de mi vida a hacerte feliz. Me has dado tanto, me has enseñado tanto... Has hecho que sea un buen padre para Ruby y, sobre todo, me has devuelto el amor. Te lo debo todo.

–No me debes nada salvo tu amor, Raoul. Si eres capaz de darlo...

–Es todo tuyo, mi vida. Yo soy todo tuyo –afirmó–. No te puedo prometer que no cometa más errores en el futuro... a fin de cuentas, soy humano. Pero te prometo que intentaré ser el mejor hombre que pueda, el mejor marido y el mejor padre.

–¿El mejor marido?

–Por supuesto. Quiero que seas mi esposa, Alexis. Quiero estar contigo hasta el fin de mis días...

De repente, Alexis se levantó del sofá y se arrodilló ante ella.

–¿Te quieres casar conmigo? ¿Quieres que criemos juntos a Ruby y a nuestros dos hijos?

–Oh, Raoul... Por supuesto que quiero –contestó, emocionada–. Sí, claro que sí. Me casaré contigo y estaré siempre a tu lado. Estoy enamorada de ti desde que te vi por primera vez, pero jamás pensé que tuviera esta oportunidad... Y te aseguro que no la voy a desaprovechar. Te amo, Raoul. Con toda mi alma.

Alexis se arrodilló junto a él y lo abrazó.

–No te arrepentirás, Alexis –dijo él–. Seré el mejor de los maridos y el mejor de los padres mientras tú me quieras.

–Entonces, lo serás para siempre.

Alexis lo miró a los ojos y lo besó.